AUTHOR
三河ごーすと
ILLUSTRATION
necömi
顔さえ
EVERYONE HAS TALENT.
よければ
IF ONLY WE COULD REALIZE IT.
いい教室
2. 竜姫ブレイクビーツ
JN049304

CONTENTS

EVERYONE HAS TALENT.
IF ONLY WE COULD REALIZE IT.

魔性のファッションデザイナー
原宿亜寿沙
「渋谷エリオちゃん……よね～？
私に何か用かしら～？」

ダンサー”竜舌蘭”
大塚竜姫

天才VSinger
池袋詩歌

6オクターブの歌姫
渋谷エリオ

顔さえよければいい教室

2．竜姫ブレイクビーツ

三河ごーすと

ファンタジア文庫

3249

口絵・本文イラスト　necömi

第０話　幸運が続くと絶対に不運がやってくる

人間には得手不得手があるんだから短所を直すより長所を伸ばしていくべきだ、と意識の高い大人は言う。

全員、一列に並んで右へならえ。そんな教室の全員を一色に染めるような教育から脱却すべきだとWAYTUBE(ウェイチューブ)にアップされていた討論系の番組で議論されているのを見たが、俺もまったくもって同意だった。

何せ俺——池袋楽斗(いけぶくろがくと)。社会と交わるのがクソ苦手な脱落ニート野郎。勉学だの運動だの学校で評価される項目のことごとくが不得手。努力不足だと嘲笑(あざわら)う奴(やつ)もいるが俺に言わせりゃ「こちとら努力の才能すらねえんだよカス」である。

自堕落上等。現実逃避万歳。人生の数少ない楽しみは三度の飯と、ネット仲間と楽しむゲームぐらいのもの。

そんなだらけた生活に、ついこの間、春休みまで俺はどっぷり漬かっていた。

が、しかし。

6月24日。世のあらゆる学校が稼働（かどう）し始めてから二月ほど経（た）った今、俺はデジタルの時計が23時を指したのを確認して言った。

「あ、ジークさん。俺、そろそろ寝る時間なんで落ちます」

「おや、今日もですか。ガクガク殿」

ヘッドホンを通して残念そうにそう言った男性はジークさん。もちろんハンドルネーム。本名は不明。バトルロワイヤルFPSゲーム『EPEX（イーペックス）』のフレンドで、ほぼ毎日のようにWIZCODE（ウィズコード）で通話しながら遊んでいる相手だ。

「ええまあ。明日も早いんで」

「むむっ。以前は夜通しゲームに付き合ってくれたというのに。最近あまり遊んでくれませんなぁ」

「学校生活ってホントつれーっすわ」

「まさか拙者を残してひとり青春を楽しみ尽くすつもりなのでは？」

「勘弁してくださいよ。俺にはそういうの、向いてないんで」

苦笑する。

たしかに最近リアルが忙しくてゲームの時間は減っているが、人間そう簡単に変われるモンでもない。

「我らが歌姫〝シーカー〟も、ここ最近はめっきり新しい動画を上げなくなりましたし。拙者、孤独の海に溺れそうですぞ。……おうん、おうん」

「わざとらしく泣かれてもなぁ。〝シーカー〟も忙しいんですよ、きっと」

男泣きするネット友達に、俺はあきれたように言った。

〝シーカー〟とは動画投稿サービスＷＡＹＴＵＢＥで活動するＶＳＩＮＧＥＲ(バーチャルシンガー)の名前だ。二次元絵のキャラクターを介した歌い手で、本名も素顔もいっさい公開していない。

にもかかわらず、俺は〝シーカー〟の近況を正確に把握していた。

何故(なぜ)なら〝シーカー〟の正体とは俺の妹――池袋詩歌(しいか)であり、今年の春から俺と一緒に芸能の学び舎(まなびや)、私立繚蘭(りょうらん)高校に通う芸能人のたまごだからだ。

学校での活動が忙しすぎて、〝シーカー〟としての「歌ってみた」動画のアップ頻度はかなり減っている。……といった事情を説明してあげたほうがジークさんも安心するだろうが、残念ながら詩歌と〝シーカー〟の繋(つな)がりは企業秘密。友人といえども教えるわけにはいかないのだった。

「じゃあ、そろそろ時間なんで」

「待たれよ！　寂しい独身男性である拙者を置いて行かないでくだされ！」

「切りますねー」

「ひでぶっ――」

悪役の断末魔めいた声を残した友をガン無視して無慈悲の通話終了。

すまないジークさん。俺の新たな生活様式に夜更かしは厳禁なんだ。

心の中でそっと懺悔をすると俺は、PCの電源を切ってゲーミングチェアから立ち上がり、自室を出た。

まっすぐに向かったのは、隣の部屋――妹の詩歌の部屋だ。

ドアを開けると真っ先に目に飛び込んできたのは脱ぎ散らかしたままの衣服の数々。

雑に丸められたプリントやペットボトルの容器（底のほうに微妙に残ってる）、お菓子の袋も落ちている。

生活が変われど性格は変わらぬ動かぬ証拠。

ぐうたらでダメダメな詩歌の性格がそのまま具現化されたような汚部屋であった。

「お菓子と飲み物だけはマジで汚いからやめろっちゅーのに……はあ～、鬱だ。今度からこの部屋も秋葉に片づけさせよ……」

秋葉とは我が家のメイドを務める女子、秋葉原麻奈のことだ。メイドっていうのは俺が勝手に言ってるだけだけど。嘘も百回言えば真実になるって言葉を信じて、毎日コツコツ努力を積み重ねている。

自分がラクするための努力ならドンとこい！　それが俺の生き様なのだ。

実際、秋葉のおかげで我が家の環境はずいぶん改善された。

リビングは綺麗になったし、流し台も整理されてピカピカ、たまに栄養たっぷりの料理を作りにきてくれるし至れり尽くせり。私立繚蘭高校に通うただの同級生、かつ、友達でしかないはずなのだが、あまりにも世話を焼いてくれるのでときどき「本当にメイドなんじゃないか？」と錯覚することがあった。

もちろん秋葉もタダで使われてるわけではなく、ミュージシャン学科の中でも将来性があって、大きな数字を持ってる詩歌に恩を売っておこうという打算があるんだろう。秋葉という女は、それくらいにはしたたかなやつなのだ。

「おーい、詩歌ー。寝る前のお約束だぞー」

室内の閉ざされたクローゼットに向けて声をかける。

しかし、しん……と静まり返ったまま、中からは何の反応も返ってこない。

「あいつ、まさか。また……！」

嫌な予感がした。

俺は焦燥に駆られるように手を伸ばし、大きな音を立ててクローゼットを開けた。

「すぅ……くぅ……んん……」

密閉されていた手作り収録スタジオが初夏の蒸し暑さでむわりと蒸気を漏らす中、頭にヘッドホンをつけたまま机に突っ伏して、詩歌がやすらかに眠っていた。

幸せそうな寝顔かわいすぎるだろ。……じゃなくて！

「おい起きろ！　寝る時間だけどまだ寝るな！」

「んっ……んん？　……むにゃ……」

「まだ歯を磨いてないだろ！　寝る前に歯を磨け！　タレントは歯が命！」

「んー……あー……うー……ゆー……れー……るー……」

肩をつかんで激しい上下左右の運動。雑に伸ばしっぱなしの長い髪がぶんぶんと舞う。

「んにゅ……兄（あに）……？」

「おお！　目を覚ましたか、妹よ！」

とろんと目を開けて、詩歌はうつろな瞳で俺の顔を見る。

「ん……寝る前の、おやくそく……」

「いいぞ。そのまま立ち上がれ。自分の足で洗面所に——」

「…………。…………………………（こてん）」

「ダメだ、また寝た！　ああもうちくしょう、寝ぼけたまんまでいいよ上等だよとにかく行くぞオラァ！」

やけくそ気味に叫ぶと詩歌の頭からヘッドホンを外し、詩歌の腕を自分の肩にかけて、強引に立ち上がらせる。

毎日筋トレしててよかった。妹の介護に筋力が必須だなんて、妹との生活に憧れる世の男どもは思いもよらないだろうな。

脱力しきって重い体をズルズルと引きずり洗面所へ連れていき、鏡の前に立たせる。

歯ブラシに歯みがき粉をつけて詩歌の小さな口に突っ込んだ。

「もごっ……んむ、んむ……」

「ほら、抵抗しない。隅々まで磨くからなー。ほーら、シャカシャカ」

「しゃかしゃか。あわあわ。うぇぷっ」

「復唱しなくていいから。おとなしくしてろっての」

歯みがき粉の白い泡を口の端からこぼしそうになる詩歌の顔を動かして服が汚れないようにする。

「はーい、口を大きく開けてー。奥歯もしっかりなー」

「あーん……もがもが」

「動くなよー」

「しゃかしゃかの音……黄色……たのしい……」

寝ぼけながらも素直に従うあたり、体は染みついた習慣に正直だ。

まったく仕方のない妹だなぁ……かわいいけど。

そうしみじみ感じる俺だったが、それでも4月までと比べたらずいぶんとマシになったとも思う。

日常生活における詩歌のダメっぷりは相変わらずだが、外出時に最低限は見た目に気を遣うようになったり(本人じゃなくて俺や秋葉が調整してるだけだが)、まだ0時を回る前なのに眠れるようになったのは大きな変化だろう。

もちろん詩歌の生活習慣の改善は本人の意思ではなく学校という環境のおかげだし、俺に世話を焼かれてようやく普通……の一歩手前ぐらいになれてるだけだ。しかし、彼女はそれでいい。

俺みたいな凡人とは違う、天才なのだから。

人間は短所を直すより長所を伸ばしていくべきだという人がいる。——俺も同感だ。

詩歌には特別な才能がある。

共感覚を持つ彼女は音を色として認識している。音の中に〝色〟を視て、ひとつの楽曲の中に〝絵画〟を視るのだ。

音感だけでは拾いきれない、音の繊細な違いを感じ取り、自らの歌声でも表現できる。

それゆえに繚蘭高校ミュージシャン学科の中でも、圧倒的な天才として頭角を現しつつあるのだった。

圧倒的な長所さえあれば、短所になど目を瞑(つぶ)れる。

詩歌は詩歌のままで無問題(モウマンタイ)。足りないところは、サポート役、マネージャー役である俺が担(にな)えばいいのだから。

と、そんなことを考えながら詩歌に口をすすがせて、タオルで顔を拭ってやっていると、不意にふとももあたりが振動した。ズボンのポケットにしまっていたスマホが震えているらしい。

「ん、メッセか?」

片手で雑に詩歌の顔を拭き、もう片方の手でスマホを見る。するとメッセージアプリの《渋谷(しぶや)軍団》というグループに新着があった。

中間考査でのいざこざを経て友達になり、活動を共にすることになった五人。俺、詩歌、秋葉原麻奈、渋谷エリオ、狛江乃輝亜(こまえのきあ)のチームである。

すこし前まで《繚蘭高校ミュージシャン学科（仮）》だったグループ名は、とりあえず一番大きな数字を持つエリオの名前を冠するものに変更されていた。

送り主はまさにその渋谷エリオだった。

「こんな時間になんだぁ？　まったく、非常識な不良生徒め」

文句を言う声にトゲはない。あくまでもじゃれつくようなニュアンスで言いながら渋谷からのメッセージを見て、俺は——。

「…………は？」

己の目を疑い、凍りついた。

「ん。兄、どしたの？」

「…………」

スマホの画面を見つめたまま微動だにしない俺に、半分だけ覚醒した詩歌が振り向き、首をかしげる。

『学校のポータル見た？　ヤバない？』

渋谷エリオからの、ごく短い文章。そして、それに続けてＵＲＬが貼られている。

ＵＲＬを踏み、私立繚蘭高校の生徒だけがアクセスできるポータルサイトへ飛んだ俺は、そこに掲示されているお知らせの内容に愕然(がくぜん)とした。

『ミュージシャン学科の期末考査では【ダンス動画の投稿】が必須となります』

ダンス。

そのたった三文字のカタカナには、俺を絶望の淵にたたき落とすに十分な殺傷力があった。

人間には得手不得手がある。

歌唱や作詞、作曲において卓越した才を発揮し、外見も最低限の体裁を整えられるようになった詩歌だが——結局のところ、所詮はヒキコモリ少女。

運動は相も変わらず、ダメ、ダメ、ダメ。すこし筋トレしたら即座にへばる。

体のキレとバネ、柔らかさ、瞬発力、筋力、長時間の激しい運動を可能とするスタミナ。ありとあらゆる能力を要求されるのが『ダンス』である。

俺は一縷の望みをかけて詩歌に訊く。

「妹よ。実は俺の知らぬ間に覚醒して、ダンスをマスターしてたり……？」

「しない」

「だよなぁ……」

知ってた。

4月の繚蘭高校入学以来、兄として、マネージャーとして、ずっと一緒に過ごしてきた俺である。詩歌が新たな技を習得したなんて事実は観測していないし、今でも休日の日課になっている運動不足解消のための散歩や『筋力トレーニング基礎』の授業の様子を見ても、とてもレベルアップしているとは思えなかった。

「中間考査を乗り越えて再生数や人気も安定し生活も安泰。このまま卒業まで乗り切れると思ってたのに……ぐおお……」

頭を抱えて身悶える。

人間には得手不得手があるんだから短所を直すより長所を伸ばしていくべきだ、と意識の高い大人は言う。

無責任な彼らには是非、この質問に答えてもらいたい。

——短所と向き合うことから逃げられない場合は、どうすればいいんスか？

きっと、誰も答えてくれないだろう。

ちくしょう。絶体絶命だ。

第1話　ダンサー・イン・ザ・シャイン

繁華街から徒歩数十分ほど、煌(きら)びやかな電子看板や人々の喧騒(けんそう)の存在感も薄れ、生活感のある街並みが顔を覗(のぞ)かせる。そんな中で異様なくらいに洒落(しゃれ)た外観の建物が、ひときわ目立っていた。

繚蘭(りょうらん)高校——正式名称、私立繚蘭高等学校。

赤煉瓦(あかれんが)の壁が特徴的な空間では、華やかな見た目の生徒たちが談笑する小鳥のような声が飛び交っている。

現在、昼休み。その黄色い声が最も集まるのは、本校舎からすこしだけ離れたところにある学生食堂だろう。

「……というわけで、緊急会議だ」

テラス席。太陽の下、円卓を囲むようにして座る仲間たちを前に、きわめてシリアスな顔で俺は切り出した。

「議題。『期末考査の内容がヤバすぎるんだが』——これについて、話したい」

「だんす……やだ」

真っ先に口を開いたのは詩歌だった。

動作が常にもったりしてるくせに、嫌だ、を表明するときは早かった。

「詩歌に同意！　てかここはミュージシャン学科で、うちは作曲者だぞ！　ダンスが必須とか意味わかんねーっ！」

次にお気持ち表明したのは秋葉原麻奈。お洒落で華やかで美男美女ぞろいの繚蘭高校において、逆に珍しい地味で普通の顔立ちの女子だ。

口調やノリが少年じみてるせいか、同年代女子との会話経験に乏しい俺でもナメきって……いや、気兼ねなく、会話できる女友達である。

「お前は作曲もしてないけどな」

「う、うっせえぞ。それを言うなら楽斗は何もしてねーだろ！」

「けしからん。裏方さんへの感謝が足らん。そんな殿様感覚で芸能デビューしたらネットで大炎上するぞ」

「裏方への感謝とかよく言えたな⁉　うちの家事に感謝したことねーくせに！」

「ＹＯ、ありがとう。ＨＥＹ、いつも感謝。俺はお前にリスペクト。ＹＥＡＨ」

「何そのクッソ適当な似非ラップ⁉　ナメ度ＭＡＸじゃんか！」

秋葉は怒りのテンションのまま勢いよくエビフライを口に突っ込んだ。

昼飯時の会議ならではの光景。今日も秋葉は学校からの支給に甘えてリッチなランチだ。生活水準を平気で上げられるのは秋葉らしい凡俗さというべきか、むしろ逆に度胸があるというべきか。

俺と詩歌の前にあるのは、安いうどん。あぶらあげとイカの天ぷらをトッピングできるようになったのが誇らしい。

配信で数字を取れるようになりつつあり、生活費の支給額も上がりそうではあるのだが、小市民かつ凡人であるところの俺としては、またいつ数字が取れなくなって生活費が乏しくなるかもわからないので財布の紐は固くしておきたかった。

「ったくよー、非モテ男はこれだから。楽斗も狛江のホスト力を見習えっての」

「フッ……そうだな、オレは楽斗と違ってサービス精神旺盛だぜ」

話を振られて即座に乗ってきたのは、狛江乃輝亜。赤毛のイケメン。顔面偏差値の暴力を振りかざし、堂々と女子に甘い言葉を囁きかけるナンパ野郎は、己のアイデンティティに従い秋葉に顔を近づけて。

「心配すんなよ、麻奈ちゃん。キミの頑張りと才能、オレはちゃーんと見てるからさ☆」

「お、おう……」

キザなセリフ、パチンとウインク。

端整な顔立ちで超至近距離に迫るホストテク、さすがの秋葉も乙女回路をくすぐられたのか顔を赤らめていて――。

「狛江、お前キモいな」

――訂正。秋葉はドン引きしていた。

「ぐふっ……フリに対してノッただけなのに、ひどすぎないか……？」

「なんていうか、自分を対象にされると、想像以上にキツくてさぁ。『人目もある場所で何やってんだコイツ』と冷静になったら、クッソ恥ずかしくてさぁ」

「他の子には通用するんだけどなぁ……このチームの女子、防御力が高すぎない？」

どうやら秋葉の赤面は照れによるものではなく、単純な羞恥心によるものだったらしい。

梯子を外されて微妙な顔になっている狛江の肩にポンと手を置き、俺はにっこりと笑みを浮かべてみせた。

「詩歌以外の女子を口説くとはどういう了見だ？　妹のことも本気じゃなかったと考えていいってことかぁ？　あぁン？」

「ま、待てってば楽斗。それは誤解でっ。ていうか詩歌ちゃんの前であんまそういうこと言わないでくれよ」

「黙れ。イケメンのくせに生意気に反論すんな」

「扱いがひどすぎる……！」

涙目で抗議する狛江。その顔を見ているだけでうどんが進む。メシウマ、メシウマ。

そのとき、はあ、というため息が聞こえた。

狛江の隣にいた女子が、あきれたような顔でパスタをフォークに巻きながら言う。

「ちょっと、アンタら何バカなことばっか言ってんの。本題から逸(そ)れすぎだっての」

渋谷(しぶや)エリオ。華のある人間、と聞いて真っ先に思い浮かぶような洒落た外見の女子だ。

改造制服の粋な着こなし。脱色した髪は軽くインナーカラーを入れていて特徴的だし、耳につけたピアスもよく似合っている。芸能の学(まな)び舎(や)、そのひとつの学科で、首席を張るにふさわしい〝顔〟の見せ方をよく理解している女子と言えよう。

「本題はこれでしょ、期末考査」

「そう！　それだよ、それ！　ダンスの話！」

渋谷が軌道修正してくれたので即座に乗る。

一見するとチャラい見た目の渋谷エリオだが、音楽や芸能活動へのプロ意識は誰よりも高い。

こういう会議の場では意外と真面目な態度で話すタイプだった。

「正直、意味わかんないよね。ミュージシャン学科のアタシらがダンスで評価されなきゃいけないとか」

ポータルサイトに掲示された期末考査の具体的な内容は以下のとおりだ。

期末考査について

一．本校は授業ごとの期末考査を行わず、学年全員が各学科ごとの試験を行う。

二．試験期間は7月14日から7月21日まで。


三．各学科の試験内容は以下の通りである。

ミュージシャン学科⇓オリジナル楽曲とダンスを合わせたパフォーマンスを収めた動画を投稿し、再生数とイイネ数を稼ぐこと。

ダンス学科⇓オリジナル楽曲とダンスを合わせたパフォーマンスを収めた動画を投

稿し、再生数とイイネ数を稼ぐこと。

タレント学科⇒自身が出演するミュージカル動画を投稿し、再生数とイイネ数を稼ぐこと。

クリエイター学科⇒自身が監督を担当したミュージカル動画を投稿し、再生数とイイネ数を稼ぐこと。

ファッション学科⇒自身が衣装を提供したパフォーマンスやミュージカル動画で再生数とイイネ数を稼ぐこと。


四．複数人でチームを組んで1つの動画を投稿してもよい。ただしその場合は、再生数とイイネ数の合計値をメンバーで割り振って個人の獲得ポイントとする。数字の割り振り方は任意で決めてよいが、指定された日時までに申告がない場合、自動的にメンバーの人数で割った数字がそれぞれの個人の獲得ポイントとなる。

五．各学科、各学年ごとに上位3名の成績を収めた者には『繚蘭サマーフェス』の特設ステージに上がる権利が与えられる。

六. 成績が低かったとしてもペナルティはない。
七. ただし偉い人の目にも留まる舞台なので、トップを貪欲に狙いにいきましょう。

「ところで渋谷、『繚蘭サマーフェス』ってなんだ?」

「ちょ、知らないの? 繚蘭生のくせに知らないやつ、初めて見た」

「仕方ないだろ、この春から入学してきたばかりの外部生なんだからさ」

「単語で検索すればすぐ調べられるじゃん」

「めんどくさいだろ。ふざけんな」

「開き直んな! ったく、マネージャーを自称すんなら情報ぐらい自分で集めろっての」

「手っ取り早く情報を集めるためにお前に訊(き)いてるんだろ。こういうのはプライドなんか捨てて、知ってるやつに教えてもらったほうがコスパいいじゃん」

「ぐぬぬ。この世渡り上手めぇ……」

悔しそうに唇を噛(か)んでにらみつけてくる。

いざ本番を迎えたら暴力的なまでの圧倒的な歌声で観客を魅了する狂犬なのだが、オフの彼女も微妙に犬っぽい。

　はあ、とため息をついてから渋谷は続ける。

「『繚蘭サマーフェス』ってのは、ふつうの学校でいうところの文化祭みたいなものよ」

「文化祭……だと……」

「どうしたの？」

「うっ……オロロロロロ」

「吐いた――ッ⁉　ちょ、なんでいきなり吐くの⁉」

「文化祭。兄（あに）、とらうま。……私も、がくぶる……」

　うどんリバース中の俺の背中をさすりながら、詩歌は顔を青ざめてふるえていた。

　教室であぶれ者になった俺たちに、文化祭って単語は劇薬だ。

「クラスの出し物……みんなで一丸となって……ひとりは全員のために、全員はひとりのために……げぼぉ……」

「ありがちな標語を思い出してまた吐いてる……よっぽど大変な目に遭ったのね、アンタたち。さすがに同情するわ」

「はあ、はあ……気にすんな、致命傷で済んだ。『繚蘭サマーフェス』について、続きを教えてくれ」

「それ死んでる。──まあいいや、とにかく平たく言えば繚蘭高校の文化祭なんだけど、ふつうの高校のそれとはまったく違う特徴があるの」

指を立てて彼女は言う。

「まずは規模感。『繚蘭サマーフェス』は大勢の一般人が詰めかけるイベントでね」

「文化祭って、どこもそうじゃないのか？」

「他の高校でも一般来場者を募ることはあるけどさ、ぶっちゃけ近所の人か生徒の家族、近隣他校の生徒ぐらいしか来ないでしょ？」

「まあ、そうだな。あんなクソイベントに来たがる物好き、そう多くないし」

「楽斗の悲しい文化祭ヘイトは置いといて、と……繚蘭高校は生徒ひとりひとりに大なり小なりファンがついてるのもあって、『繚蘭サマーフェス』には大勢の一般ファンが来るのよ」

「あー。たしかに、一八(インバチ)ライブで万単位の登録者がいるもんな」

WAYTUBE(ウェイチューブ)で活動してる配信者が都内のドームを満席にした、みたいなニュースを見たことがある。

そこまでの超一流のレベルには及ばなくとも、かなりの集客が見込めるのは間違いないだろう。

「現役で活躍中のＯＢが登壇するイベントもあるから、そっちのファンもやってくるし、業界のスカウトや経営者たちも訪れる――１年間のうちで、最も繚蘭高校に世間の注目が集まる日といっても過言じゃないわ」

「世のパリピどもはリアルイベント大好きなんだなぁ。……で、特設ステージってのは何なんだ？」

「文字通りよ。人通りがいちばん多い、めっちゃくちゃ目立つステージ！」

両手を一杯に広げて大きさを表現する渋谷。

すると、秋葉が話に入ってきた。

「それだけじゃないぜ！　特設ステージに上がった生徒はほぼ例外なく卒業後にスターになってる。つまり、将来の成功を目指すなら避けては通れない登竜門！　お前らがそこに上がってくれたらうちのコネが確かなものになるってわけだ！」

「他力本願かよ」

「楽斗に言われたくねえし。上位３人ってことは、うちの入る枠なんかないだろ。詩歌、渋谷、狛江で終わりだよ。ま、それで十分おいしいけど。にっひっひ」

他人のふんどしで飯を食うことに命を懸けている女、秋葉がしたたかに笑ってみせた。

いい心掛けだ。俺も同感だぜ。

しかし頼れる情報源たちのおかげで、『繚蘭サマーフェス』のことはだいたいわかった。特設ステージに上がることの重要性も理解できたと思う。早い話が、ここをクリアすれば人気も獲得できて金も稼げるってことだ。最高！

「――じゃない！　なんでダンスが条件なんだよ！　おかしいだろ⁉」

「他の学科の条件も見てると、どこも自分らだけじゃ成立しない条件ばっかだよね」

「お互いに学科を越えて協力し合え、って学校側からのメッセージ……かもな」

「ま、気に入らないけど、条件なら仕方ないよね。ライブでのダンスパフォーマンスは、いまどきは音楽ライブでも求められるし。必要なら練習するだけよ」

「エリオちゃん、踊れたっけ？」

「中目黒さんがマネージャーだった頃に、レッスンだけは受けてたよ。基礎だけだから、ぜんぜん本格的なやつじゃないけど」

「おお、さすがはエリオちゃんだ。センターが盤石なら問題ないかな？」

嘆く俺に対し、渋谷と狛江が冷静な考えを口にした。

「くっ。これだから身体能力に自信あるイケメン美女は……詩歌の運動不足をナメるなよ。バックダンサーすら務まらないぞ」

「ん。むり。おどるの、断固拒否」

「実は若者にカカシダンスが大流行中！　とかないか？　微動だにせず、立ってるだけの斬新な新機軸……」

「兄、ナイスアイデア。それなら、ワンチャンいける」

「どうだ、秋葉？　最近の若者のトレンドで──」

「あるわけねーだろ」

「──終わったああああああああああ！」

「がーん……」

現実は無慈悲だった。

絶望し、打ちひしがれる詩歌の頭をぽんぽん撫でて、渋谷は元気づけるように笑う。

「大丈夫。一緒に覚えていこうよ！」

「えー……」

「基本だけ覚えて、最低限のパフォーマンスができれば大丈夫だってば。アタシと詩歌が揃ってればミュージシャン学科に敵はいないんだから！」

力強く言いきる渋谷。

そのとき、ピクリ、と狛江が反応した。

「あー……いや……そうとは言いきれないかも」

「お？　どうした狛江。その自信なさげな反応は。いつも自信たっぷりなイケメンナンパクソ野郎はどこへ行った？」

「なあ、楽斗。オレには何言ってもいいと思ってない？」

思ってる。

「無駄な訴えはいいから本題。何の懸念があるって？」

「グレるぞ……。まあいいや、ミュージシャン学科の成績上位者についてなんだけどさ。たしかにエリオちゃんと詩歌ちゃんは、今の1年生の中ではツートップだと思う。これは揺らがない」

「そうだろう、そうだろう。何せ詩歌は天才だからな」

「ただ、ダンスが絡むとなると話は別だ。――ことダンスミュージックにおいては、1年にひとり、すげえやつがいる」

「……！　千石ライアンか！　元BRAVEの！」

狛江の言葉にかぶせるように、秋葉が身を乗り出して声をあげた。

「それ。正直、かなりの強敵だろ？」

「くぁぁ！　忘れてたぜ。やべえよ、やべえよ！」

「おいおいおい待てお前ら。事情通だけで通じ合ってないで説明しろ。主役を差し置いて勝手に盛り上がってんじゃねえぞ」

「そうよ。誰よ千石って。アタシの知らない名前で盛り上がらないで」

「主役は渋谷じゃなくて詩歌なんだが、それはさておき説明しろ。秋葉、狛江」

連係攻撃じみたクレームに、狛江はこほんと咳払いで間を置いた。そして、あらためて真面目な顔で言う。

「千石ライアンは、クラスこそ違うけど同じミュージシャン学科の生徒でさ。BRAVEっていうダンス&ボーカルグループの主催が経営してるスクールに小学生の頃から通ってた実力者なんだよ」

「BRAVEってユニットの名前くらいは聞いたことあるだろ？」

狛江の説明に便乗して秋葉が訊いた。

「ねえよ。お前のオタク知識が万人にも通じると思ったら大間違いだぞ」

「オタクて。むしろ一般向け……あー、そうか。楽斗はテレビ観てないもんなぁ。渋谷は知ってるよな？」

「うん。まあ、名前くらいはね。グラサンかけた筋肉質の厳つい人が真ん中にいる……。映画作ったり、いくつも派生グループをデビューさせたり、いろいろやってるよね」

「それそれ。ダンスと音楽で国民的な人気を獲得したアレ！」

ていく。
俗世に疎い俺と詩歌を置き去りにして、渋谷たちは一般人にしかわからない会話を続け
「へえ、スクールなんて作ってたのね」

ていく。

次に口を開いたのは狛江だ。

「で、千石ライアンってのはBRAVEのスクールで圧倒的NO．1だった男でさ。実力は折り紙つきってわけ」

「だった？　過去形って、どういうこと？」

「いまはもうスクールを脱退してるんだよ。正確には辞めさせられたんだ」

「え、なんで？」

「素行の悪さが原因なんじゃないかって噂されてる。ギャングまがいの連中との付き合いとか夜遊びの常習犯ってことで、ずいぶんとおイタが過ぎたみたいでさ。それがなけりゃいまごろBRAVE傘下の新ユニットでデビューしてただろうに、馬鹿だねえ」

「でも実力者ってのは確かなわけだ」

何となく入り込めそうな隙があったので、俺も口を挟んだ。

狛江はうなずく。

「そう。ファン層もそっち寄りだし。ダンス＆ミュージックってテーマにおいては、渋谷

エリオよりも人気や影響力で上を行く可能性があるんだよ。連れの男子をふたり、バックで踊らせてる配信を見たことがあるから、たぶん今回の考査もその３人組で挑戦してくると思う。そしたら上位３名の枠は奪われたも同然だ」

「だとしても詩歌と狛江のファンを合わせれば余裕だろ？」

「その考えは甘いぜ、楽斗」

秋葉がチチチと指を振り、ドヤ顔で言う。

「ダンス動画の一般層への影響力は馬鹿にならないって話は前にしただろ？」

「あー……詩歌の歌に合わせて、踊ってくれる一般人がいるかどうかが大事、みたいな」

「おうよ。その点、確実にダンスのクオリティが高い千石は有利。しかも元ＢＲＡＶＥのスクール生って看板は一般の女性層に死ぬほど刺さる！」

「看板、か」

うんざりした意図を含んでその単語を復唱した。

繚蘭高校に入学してからというもの〝顔〟がどれほど結果を左右するか、嫌というほどわからされてきた。

しかも今回はさらにたちが悪い。

すでに脱退している以上、ＢＲＡＶＥの関係者でも何でもないはずの千石ライアンに、なぜか箔がつくのだという。人は物事の本質なんぞに興味はなくて、それっぽい付属情報があれば評価にバイアスをかけてしまうんだろう。まったくもって嘆かわしい。

ただ厄介なことに今回は、実際問題、詩歌より千石のほうがダンスが上手そうなんだよなぁ。

歌唱能力と違って聴いてさえもらえたら評価されるはずという希望すらない。最初から運動不足の詩歌には勝てるはずもない戦——いや、それどころか戦いの舞台に上がる資格すら与えられていないといえる。

であるなら、マネージャーたる俺のくだす結論はただひとつ。

「よし、諦めよう！」

「判断、早ッ！　何あっさり諦めてんのよ！」

渋谷につっこまれた。

「仕方ないだろ。無理なもんは無理。期末考査で落ちたところでペナルティはないんだ。いさぎよく諦めて、次に期待しようぜ」

「《渋谷軍団》のメンバーに諦めの二文字はないの！　アンタも根性見せなさいよ！」

「やだよ根性とかめんどくさい。てかそのチーム名、やっぱりダサくね？」

「ダサいって言うな！」

「まああまあ落ち着けよ渋谷。楽斗のバカを説得するにゃあ、正面から行ってもこっちが疲れるだけだぜ」

狂犬のごとく牙を剝いて食ってかかる渋谷を諌めて、秋葉がやれやれと正妻面して間に入る。かと思うと長年連れ添った内縁の妻を彷彿とさせる訳知り顔で、秋葉は「こいつは、こう扱うんだよ」と俺の耳に顔を近づけてきた。

「だっせぇダンス動画を出した歌い手はファンに幻滅されて、再生数ガタ落ちのオワコンまっしぐらだぞ。去年のデータを見ても、その傾向がハッキリ現れてるぜ」

「なん……だと……!?」

「再生数が落ちたらトーゼン、学校からの支給額も激減――」

「ひぐっ」

「いちど落ち始めた数字は止まるところを知らず――」

「ぐああ……」

「気づけば、ふたたび上昇するのが不可能なところまで――」

「んおおおお……」

「昼飯のうどんには天ぷらどころか、あぶらあげすら載せられなくなり――」

「あばばばばば……」

「もちろん、マグロは夢のまた夢。煮干しも食えない日々よこんにちは――」

「もういい！　もう十分だ！」

悪魔に憑依された男のように身悶えて秋葉を振り払うと、病みに病んだメンヘラ男めいた目で詩歌の肩をがっちりつかんだ。

これから言われることを察したのか、詩歌は一瞬、ビクッと体をふるわせた。そろっとごまかすように目をそらしているが、当然のことながら俺はもう逃がしてやる気などなくこう言った。

「マグロを食える日常と、食えない日常、どっちがいい？」

「……兄、その選択肢は、ずるい」

「毎日めちゃくちゃ旨いものが食える贅沢生活と、空腹で死にそうな貧乏生活、どっちがいい？」

「ううう……」

目をぎゅっと閉じて、もごもごと口を動かして悩む詩歌。

しかしすぐにぼそりと続ける。

「……まぐろがいい」

「だよな！　そのために、踊れるか？」

「…………………………………………………………………エリたちと一緒なら、ギリ」

…………たっぷりの沈黙を経て、詩歌はようやくうなずいてくれた。

こうして期末考査に向けてダンス動画の制作をすることになったのだが、正直なところ、まだスタートラインに立ったとさえいえない状況だろう。乗り越えなければならない障害があまりにも多い。運動音痴の詩歌とダンスが本職じゃない渋谷と狛江の３人で、本職の千石ライアンたちにどう立ち向かっていくべきか。

詩歌の才能頼りでは解決できそうにない事態だけにマネージャーの仕事が増えそうで、いまから鬱々（うつうつ）とした気分になってくる。これはあくまでも詩歌が主役の、詩歌の物語だっていうのに、あんまり俺みたいな脇役の出番を増やさないでほしいものだ。

でもまあ、愛する妹のためだ。すこしぐらい、頑張ってみようか。

＊

ランチを終えても午後の授業まではまだ時間があった。トイレだの図書室に行くだので仲間たちが散り散りになる中、俺と詩歌は行く当てもなく校内をさまよったあげくに中庭に出ることにした。

日差しに弱い吸血鬼（ヒキコモリ）の眷属（けんぞく）だった時代も今は昔。俺も詩歌も、心地（ここち）好いぐらいの日光であれば日向（ひなた）ぼっこを楽しめるくらいには社会性を取り戻せていた。

ベンチにくたーっとへたれたぬいぐるみみたいに座る詩歌を横目に、俺はどうしたもんかなぁと天を仰ぐ。

悩みの種はもちろんダンスのことだ。

ダンスを得意とする連中に、運動不足の詩歌がどう立ち向かっていくべきか。

当の詩歌は気持ち良さそうに日向ぼっこするだけで、リラックスしきった表情からして何も考えてなさそうだ。俺への信用で丸投げしてもらえているってことなんだろうけど、自分のことだっていうのにこの危機感のなさ。あいかわらずの大物っぷりである。

あー、無理難題。かえりてー。

「ん？」

現実逃避気味に遠くを眺めた俺は、中庭の隅で異様に盛り上がっている生徒たちの存在に気づいた。

なんだなんだ？　と思い、人だかりに近づいてみる。

観衆の視線の先にあったのは、普通の学校なら異常で、この学校なら日常な光景。


——踊り、闘う、女子生徒たちの姿。


軽やかなテンポのミュージックに合わせて、まるで音のサーフィンを楽しむかのようにふたりの女子生徒が踊っていた。

芝生に置かれたスマホとスピーカーから流れる、ノイジーなビート。

ダンサーを取り巻く観衆もつられて体でリズムを取っている。

女子生徒のうち、ひとりは俺も知っている顔だった。

大塚竜姫（おおつかたつき）。

ダンス学科1年の首席であり、俺や詩歌と同じヒップホップミュージックの授業を履修している女子だ。

狛江に提供してもらった楽曲を一八ライブにアップした際、『踊ってみた』で便乗してくれたありがたい存在でもある。

大塚竜姫のダンスは、何度か動画や配信で見た。素人（しろうと）の俺では細かい動きの名称すらわからないが、ああいうのを「キレがある」と呼ぶんだろうなということだけはわかった。

だが、リアルタイムで、生身で本気のダンスを楽しむ彼女を見たのは初めてで。

動画として記録された情報だけでは伝わらないものがこんなにも多いのかと、圧倒された。

たとえば温度。

夏の蒸し暑さでさえ上書きする熱気。まるで空間全体を熱する太陽のよう。

たとえば躍動感。

光る汗。自由自在にねじれる体。ただの地面の上でトランポリンのように跳ねる姿は、ひとりだけ重力の異なる星に生きる生物のよう。

生の大塚は動画に映るだけの彼女の、軽く百倍は魅力的だった。

同じ音楽を題材に同じダンスを踊り、己のパフォーマンスが相手よりも優れているのだと観衆に認めさせる——おそらくそういう勝負に興じているのだろう彼女は、その戦いが楽しくて仕方ないと言わんばかりに好戦的な笑顔を弾けさせていた。

下半身を浮かせ、地面についた腕と首だけで自分の体重を支え、ピタリと停止。たん、と弾みをつけて跳び上がり、続けて宙返り。大塚のアクロバットな動きについていけず、対戦相手であろう女子生徒が体勢を崩してどさりと倒れる。

「きゃっ！」

「――――――」

大塚は一瞬、倒れた相手に目を向けかけた。が、集中を途切れさせることなく、すぐに自分のパフォーマンスに戻る。

そして。曲の盛り上がりが最高潮に達し、観衆の熱気も高まりに高まって。

フィニッシュ。

ざっ、と音楽の終わりとともにスタイリッシュに着地し、大塚は華麗なポーズを決める。

…………………………。

コンマ1秒。刹那の沈黙は喝采への布石。万雷の拍手が中庭に轟いた。

……うおおおおおおおおおおお……‼

「へへーっ！　みんなありがとーっ！　イェア！」

ダンスの直後でどこにそんな体力が残っていたのか。大塚は爽やかな汗を飛び散らせて、喜びを爆発させるような派手な動きとともに観衆に手を振ってみせた。

それから勝負の途中、惜しくも脱落した対戦相手にとんとんと跳ねるように近づくと、迷わず手を差し伸べる。

「今回はボクの勝ちぃ！　またやろうね、ダンスバトル！」

「う、うん……。やっぱり凄いね、大塚さんは」

「でしょでしょー？　ボクのダンスは一番だからねーっ！」

「あはは。ふつうの人が言ったらただのビッグマウスだけど、大塚さんが言ったらただの事実だよね」

「イエス、事実ぅ！」

親指と人差し指と小指だけを立てる独特なピースをしながら大塚は笑う。

圧倒的な自己肯定感。自信たっぷりな発言が嫌味にならない確かな実力と、裏表のない明るい性格。それらが奇跡的なバランスで成り立っているように見えた。……あくまでも俺の素人目には、だが。

「ダンス……」

「うおっ⁉　詩歌、いつの間に」

「きれいな音が視えたから」

さっきまでベンチで溶けていたはずの詩歌が、いつの間にか俺のふところに潜り込む形で目の前にいた。

「あーっ！　シーちゃんだーっ！」

「げ。見つかった」

観衆にまぎれていた俺たちの姿に気づいて、大塚が大声をあげて指を向けてきた。当然、周りの生徒たちの視線はいっせいに俺たちのほうへ向く。唐突に大勢の注目を浴びた詩歌の体がビクッと震えた。

「あ、う、あ……兄、盾、よろ……」

「あれ⁉　なんで隠れちゃうの⁉」

だだだーっと凄(すさ)まじい勢いで駆け寄ってきた大塚は、詩歌が俺の背中に隠れてしまったのを見て面食らっていた。

はあ、と俺はあきれながら言う。

「うちの妹は人見知りなんだよ。あんたと違ってな」

「ええ⁉　シーちゃんとは友達だよ？」

「他の人の目がなけりゃ詩歌も心を開いてるんだけどな……」

「ほえー。そういう縛りがあるんだ。マジかーっ！」

その発想はなかった！　と膝を打つ大塚。

天性のパリピにはひきこもり気質など理解できないらしい。

「………」

しかし詩歌は俺の後ろからこそっと顔を出して、大塚のほうを見ていた。

それに気づいた大塚も、にへらと笑ってブイサインを返す。

本来であれば水と油。けっして交わることのないふたりだが、才能ある者同士で共鳴でもしているのか、出会った頃から何故かずっと仲がいい。

そんなふたりの様子を見ていた俺の脳裏に、ある考えが浮かんだ。何も特別ではない、百人のマネージャーがいたら百人が思いつくであろうアイデアだ。

「なあ、大塚。ひとつ頼みたいことがあるんだけど」

「お。なになにガッくん。いいよいいよなんでも言ってよ。ボクとキミの仲だし！」

いや、俺とはそこまで仲良くないだろ。

というツッコミが喉から出かかるのをぐっとこらえつつ俺は言った。

「詩歌たち——俺の仲間たちに、ダンスを教えてくれないか？」

「いいよ！」

「もちろんタダでとは言わないぞ。俺たちも大塚の活動のプラスになるような……って、即答⁉」

「いいに決まってるじゃん！　ダンスに興味持ってくれるの、めちゃうれしーっ！」

「お、おう……。話が早くて助かる」

正直、拍子抜けだ。

面倒は嫌いだし、物事がスムーズに行くのは大歓迎だが、こうもあっさりと承諾されるとそれはそれで張り合いがない。

クリアできるゲームで遊びたいけど、簡単すぎるゲームだと楽しみきれないので適度な難しさを実感したいという感覚に似ている。

「ダンスを教えてほしいのって、期末考査のためだよね？」

「ああ。じつは素人でな」

「だんす……できない……このままだと、マグロの危機……」

「オッケー、オッケー。なら、こうしよう！　ダンスを教えてあげるから、ボクの動画に使うダンスミュージックを作ってよ」

「えっ」

屈託ない申し出に、詩歌が固まった。

自分の提案が詩歌を惑わせるものだと知る由もない大塚は、鼻の下をこすりながら笑う。

「中間考査で披露した曲、ボクも聴いたんだー」

「なっ……あのとき、会場にいたのか？」

「うん！　シーちゃんたちがどんなパフォーマンスをするのか楽しみでさ！」

中間考査はつい一ヶ月前の出来事だ。

プロの最前線で活躍する審査員の先生方の前で、詩歌は自身で作詞作曲、歌唱までをこなし、〝シーカー〟のオリジナル曲として発表した楽曲――『全方向迷子カタログ』を披露してみせた。

もちろん、ネットで見つけてきた曲の「歌ってみた」であるという建前で、だ。

それは対立していた渋谷エリオの心を開いて、彼女の歌手生命を守ろうという詩歌なりのメッセージだった。中間考査はあくまでも閉鎖的な場で、あそこで起きたことはＳＮＳで公開されたりはしない。ゆえに池袋詩歌と〝シーカー〟を関連づけられてしまう事態には至っていなかった。

「ボク、あの曲にめっちゃ心打たれてさ！　ボクもシーちゃんが作った曲で踊りてーっ！って思ったんだよね！」

「ま、待て待て待て。早とちりするなよ。あれは『歌ってみた』だぞ」

「えー？　うそだぁ。まさにシーちゃん！　って感じの曲だったじゃん！」

「な、なな、何を根拠に」

「なんとなく！」

根拠も論理もないくせに、大塚は臆面もなくそう言いきった。

しかも厄介なことに正解だ。

——野生の勘、とでもいうのだろうか？　理屈を全部飛び越して、動物的な直感だけで正解を引き当ててくるとは、なんて恐ろしいやつだ。これもやはりダンスというひとつの道で芽吹いた天才だからこそか。

さっきから観衆の注目はこちらに集まったままだ。あまり強く否定して逆に大塚に食い下がられたら、大勢に詩歌と〝シーカー〟の繋（つな）がりを知られてしまうかもしれなかった。繚蘭高校には、ネットの深いところで活動しているだけのＶＳＩＮＧＥＲ（バーチャルシンガー）を知っているような人はほぼいないだろうが、それでもリスクは低く保っておくに越したことはないだろう。

あえて『全方向迷子カタログ』の作曲者のことには触れずに、さりとて詩歌の作曲能力は認める形で、俺はさりげなく会話の軸をずらした。

「悪いが、詩歌に作曲させるわけにはいかない」

「えーっ！　なんでー!?」

「詩歌は作曲するとかなり精神をすり減らしちまうんだよ。メンタルがヘラっていろんなリスクが急上昇」

「ほえー。自分の世界に入り込むタイプなんだねー」

「……驚いた。そういうの、わかるのか」

「もち！　ダンスにもそーゆータイプの子いるからねーっ」

「なるほどなぁ」

素直に感心の声を漏らした。

俺もいちおう詩歌の才能をきっかけに調べるようになったから、音楽の世界についてはだが考えてみれば当然か。同じ芸術の分野なのだ、近しいものがあってもおかしくない。

多少知っているが、ダンスの世界にかんしては正真正銘の無知だった。

「代わりと言っちゃ何だが、狛江に曲を作らせる。それでどうだ？」

「いいよ！　ノキ坊の曲も好きだしねっ！」

「ノキ坊て」

乃輝亜のノキから取ったのだろうが、そこまで交流が多いわけでもないだろうに平気で独特な言語センスのあだ名をつけるとは恐れ入る。俺のことも初対面からガッくんと呼び続けているし、これが大塚竜姫のスタンダードと言えばそれまでなのだが。

ともあれ快諾いただけたようで何よりだ。

詩歌と大塚、校内でも注目されている生徒ふたりの間に交わされた会話の内容に、観衆もにわかにざわめく。

「竜姫ちゃんが詩歌ちゃんとコラボ!?」

「ダンス学科とミュージシャン学科の最強タッグじゃん。完全に『繚蘭サマーフェス』を獲りにきてんな」

「超楽しみぃ！　どんな動画になるんだろう！」

「池袋詩歌って子、最近人気みたいだけどどこがいいの？　《竜舌蘭》様の隣に立つようなレベルには見えないんだけど」

「えー、かわいいと思うよ？　陰キャっぽいけど」

生徒たちは口々に好き勝手なうわさ話に興じている。羨望と嫉妬が半々ぐらいの視線が無遠慮に注がれて、詩歌はすっと俺の背中に隠れた。苦手なのだ。感情の坩堝のような、うるさい色に囲まれるのが。

入学したばかりの頃に比べれば、詩歌を地味な田舎娘だと侮る生徒の数はだいぶ減った。

しかし今度は、あの歌声は実力じゃない、顔で評価を得ただけだ、などと嫉妬から来る陰口みたいなものが増えつつある。可笑しな話だ。最初は誰も詩歌の外見を評価していなかったくせに、目立った途端にその言いぐさだとは。

だからこそ大塚竜姫のことは信用に値する。

大塚はまだ詩歌が人気を伸ばす前から詩歌を高く評価してくれて、出会いから現在まで、すこしも態度を変えることなく付き合ってくれている。異なる分野の天才との関係が詩歌にどんな影響を与えるのか、俺もそこはかとなく楽しみだった。

それから大塚とはメッセージアプリのIDを交換して、後ほどダンスレッスンの約束をすり合わせることにした。《渋谷軍団》の仲間にも話を通した上であらためて連絡するよとだけ返して、この場はひとまずお開き。

俺と詩歌は大塚に手を振り、中庭を後にしようとした。

「ばいばい、シーちゃん！　また一緒に踊れるの、楽しみにしてるねーッ！」

人目を憚らず大声をあげて両手を振る大塚に、詩歌はうつむきがちに振り返った。

錆びた歯車のようにゆっくりと顔をあげて、長すぎる前髪に隠れた目をどうにか大塚のほうへ向けると、詩歌は体の前で小さく手を振った。

「……。うん、ばいばい、タツ」

――OK。よく頑張ったぞ、妹よ。

親馬鹿ならぬ兄馬鹿の俺は内心満面の笑みでそう讃えた。

衆人環視の下、嫌な色に囲まれた状況でメンタル的には限界だったはずだ。それなのに勇気を振りしぼって大塚の挨拶に応えたのだ。詩歌も、この繚蘭高校に影響を受けて徐々に変わっているってことなんだろう。

＊

放課後になった。

一日の終了を告げるチャイムの音が鳴り響いた直後に教室の生徒たちが一斉に席を立つ音が続いてあっという間に雑談する声の音で満たされたかと思いきや音の塊はすぐに廊下のほうへと流れていく。

そんな雑音の波に流されるようにふらふらと教室を出て行こうとした詩歌の首根っこを俺はがっちりつかまえた。

「どこへ行く?」

「う……かえる」

「ダメだ。放課後は大塚のダンスレッスンを受ける約束だろ」

《渋谷軍団》の仲間の許可を得たあと、予定をすり合わせるために大塚にメッセージを送ったら秒で返信がきた。そして、さっそく今日の放課後からやろうという話になったのだ。

陽キャの行動力、恐るべし。

俺につかまった詩歌が、ふてくされた猫のように恨めしげな目を向けてくる。

「あたりまえだろ。金を稼ぐためならこの兄貴、鬼になる覚悟なんざとっくにできてるんだよ」

「……兄、きびしい」

「兄のことをきらいになってもいい？」

「ぐはっ……ちょ、おま……それは禁止カードだろ……！」

潤んだ瞳とともにくりだされた言葉のナイフで容赦なくぶっ刺され、イマジナリー吐血（脳内イメージでだけ血を吐くこと。肉体の損傷はゼロだがメンタルは死ぬやつ）をして膝をつく。

「し、しかたない。詩歌がそこまで嫌がるなら……お兄ちゃん、許しちゃう……！」

「バカ言ってんじゃないわよ。シスコン野郎」

「あだっ！　こらてめ、たたくことないだろ！　いまどき暴力ヒロインか？　おぉン⁉」

「誰がヒロインだってーの。ほら詩歌も観念しなよ。――麻奈も！」

「……うげっ、バレた！」

そろそろと忍ぶように教室から出ようとしていた秋葉の足を、渋谷のよく通るデカい声が縫い止めた。

運動イヤイヤ同盟の詩歌と秋葉の真ん中に滑り込むと渋谷はふたりを束ねるように彼女

らの肩に腕を回して、恐竜だかブルドーザーだかを比喩に使いたくなる強引さでズルズルと引きずっていく。

「うごくの、やーだー、おうちでねーるー」

「ちょ、許してくれよ。いきなり大塚竜姫のシゴキを受けたら絶対死ぬ！　死ねる！」

「うっさい。四の五の言わずついてくるの。そんなんでミュージシャン学科の頂点に君臨できると思ってんの⁉」

「うちはほら、努力しても全然成長できない落ちこぼれだと思ったら仲間のピンチに秘められた才能が開花し最強ってタイプだから！　まだその時が来てないだけで、たぶん必要なときになったら覚醒するから！」

「ナメた寝言言ってんじゃないわよ。——ほら、野郎どもも！　ぼさっと突っ立ってないで、さっさとダンススタジオに行くよ！」

「おお怖い。OK、OK。わかってるから睨まないでくれよ、エリオちゃん」

「……なあ狛江。あいつって、いつもあのパワフルさなのか？」

渋谷たちが先に廊下に出たのを確認して、俺は彼女に聞こえないよう狛江の耳元で小声で訊いた。

「まさか、そんなわけないさ」

狛江はおどけたように肩をすくめてそう答えた。

そうだよな、さすがにいまだけ偶然テンションが高いだけだよなとホッとしている俺に、狛江は心を見透かしたような底意地の悪い笑みを浮かべる。

「あれで八割。モチベＭＡＸのときは、あれよりもっと凄いよ」

「パワフルすぎんだろ……想像するだけで胸焼けしそうだ」

「長い付き合いになるんだ。慣れちゃいなよ」

「元ヒキコモリに無茶言うなよ」

と文句を言いつつも、実のところ、そこまで悪い環境でもないと思っていた。

詩歌はモチベーションモンスター渋谷の正反対。やる気なし怠惰ぐうたらダウナー少女である。

そんな詩歌を無理にでも動かすには、渋谷みたいなタイプがいてくれると非常に助かる。

何故なら、俺が慣れない積極性を働かせずに済むから。

今回みたいに俺が頑張らなくても渋谷が詩歌をレッスンに連れて行ってくれるのだから、こんなにラクなことはない。

素晴らしきかな、不労。やはり持つべきはモチベの高い仲間だぜ。

そうして俺たちは教室棟の隣、レッスンスタジオなどが詰め込まれた特別棟へ向かった。

俺たちは男女に分かれて更衣室で着替えを済ませトレーニングウェアの姿で合流すると、目的地の五階へ急ぐ。

ふだん授業で使っている階とは違って、予約すれば生徒が自由に使用できるスタジオが並んでいる。

その中のひとつ、予約していた部屋に入ると、すでに到着していた大塚がひとりで柔軟運動をしていた。

尻やふとももをぺたりと床に密着させる開脚っぷりは猫のようなしなやかさで、こうも自由に肉体を動かせるならさぞ運動が楽しいだろうなと思わずにはいられなかった。

俺たちに気づいて、彼女はニッと笑う。

「お！　きたきた！　待ってたよーっ！」

コンパスを閉じるみたいな気軽さで、開脚状態から勢いよく飛び跳ねた大塚がなついた犬みたいに駆け寄ってきた。

「猫か犬かハッキリしてくれ。キャラブレしてんぞ」

「どっちかってゆーとウサギが好きだーっ！」

「どっちかになってないし、どっち派かなんて話はしてねーよ」

「マジで⁉　じゃあ何の話をしてたの⁉」

「……よく考えたら何の話もしてなかった」

　思考から漏れ出てきただけのセリフなので、あまり掘り下げられると困る俺だった。

　だが細かいことが気にならないらしい大塚は、「マジかーっ！」と情報量ゼロな反応を見せると、すぐに詩歌たちのほうに興味を移した。

「じゃさっそく始めよっ！　シーちゃん、エリぽん、ノキ坊、マナマナ、よろしくぅ！」

「エリぽん……アタシら、ほぼ初対面だよね？　もちろんお互いのことは知ってたと思うけど」

「うん！　ちゃんと話すのは初めてだねーっ！」

「なのに、あだ名？」

「うん！　友達だし！　エリぽんがイヤだったら、他のでもいいよ。エリりんとか」

「あー、うん……エリぽんでいいや」

　渋谷が諦めたような苦笑を浮かべて、大塚の命名を受け入れた。

　隣では狛江も苦笑している。

「あのエリオちゃんが勢いで押されるとはねぇ。オレもノキ坊を受け入れるしかなさそうだ。……って、麻奈ちゃん？」

「ふ、ふふふ。いいぞ。あの大塚竜姫とあだ名で呼び合う仲に進展してるのは大きい！　将来に向けたコネが着実に……！」

他人のふんどしを全力でモノにせんとし、目に炎を宿らせる秋葉。

その俗っぽさは、女子に対して甘い狛江でさえもドン引きするレベルだった。

もっとも、大塚竜姫にあだ名をつけてもらえない人のほうが逆に貴重なんじゃないか？　と思ってしまうぐらい、彼女のあだ名ハードルは低すぎるわけだが。ナチュラルボーン友達百人女、友情大安売り、フレンドリービッチ、といった造語が頭に浮かぶ。……いやまあ何も悪いことじゃないんだが。

と、俺が大塚とのあまりの価値観の差に圧倒されていると、いつの間にやら大塚に手を引かれた詩歌たちが柔軟運動を始めていた。

「ほらほらシーちゃん。もっとグイーっていかないと、体がほぐれないぞー」

「んー……むり。限界」

「曲げる気ゼロじゃーん！　大丈夫大丈夫、絶対できるから！　ほら、グイーって！」

「あう……タツ……もっと、やさしく……」

「えーっ！　もう限界なの⁉」

「限界。折れそう」

「こんな硬い人、初めて見た……」

床につけたお尻と背中の角度がほぼ九十度。ド直角。ピクリとも前屈できない詩歌を前に、ポジティブモンスターたる大塚もさすがにちょっと引き気味の表情を浮かべている。

脱力したぬいぐるみみたいな愛らしい見た目に反して、詩歌の体はべらぼうに硬い。どう見てもやわらかい生き物だが（実際、肌や脂肪は女の子らしくやわらかいが）、骨と筋肉はガチガチに凝り固まっていた。

「詩歌は家からほぼ出ないし、基本同じ姿勢でだらだらしてるからな……たぶん肉体年齢はアラサーぐらいだ」

「えぇー。さすがに言いすぎだよー」

「だといいな。なあ、詩歌？」

「ん。気持ちは、りっぱな、おばあちゃん」

「う、うーん……まっ、しゃーなし！　誰にでも苦手なことはあるもんね！」

アラサー通り越して還暦宣言する詩歌。ツッコミを入れたそうな顔をしながらもぐっと呑み込んで、大塚は笑ってそれを受け入れた。

さすがのコミュ力。ドン引きから前向きな態度に変わるまでの時間が短すぎる。

「ぐ、ぬ、ぬ……むぅ〜……ん！」

「わっ。マナマナもきつそーっ！」

「自慢っ、じゃないがっ……小学生のときからっ……長座体前屈はっ、苦手だっ……」

「なるほどなるほど。マナマナもおばあちゃんかー。なら、しゃーなし！」

「ぬあっ⁉」

大塚の屈託のない笑顔で急所を突かれ、秋葉が目を白黒させる。

「おばあちゃん扱いはひどすぎるだろ！　うちだってピチピチの女子高生だぞ！」

「ピチピチってなんだーっ⁉　学校の名前かーっ⁉　ピチピチ学園の回し者かーっ⁉」

「どこだよ！　てかあれ？　もしかしてピチピチの女子高生って表現自体、古いのか？」

「古いぞ」

愕然とする秋葉に俺は横からトドメを刺した。我ながらナイス介錯。

「うおおおお……おばあちゃんなんて、言わせてたまるかぁぁ……ぐぎぎぎ……！」

「おおっ、マナマナ再チャレンジ！　いいぞっ、がんばれーっ！」

限界を超えた苦悶に顔を歪めながらふたたび前屈に挑む秋葉と応援する大塚。援護射撃とばかりに背中にぴょんと乗っかり体重をかけているが、「あでで！　それヤバ！　無理折れる！」と悲鳴を上げる秋葉を見るに、援護どころか背後から射殺しているようにしか見えない。

しかし秋葉の意地を張るポイントもいまいちわからないな。

平気な顔で他人のふんどしを借りるし、偉そうなこと言いながら一度も作曲をしたことがない永遠のワナビなんていう、あらゆる人類の中でもっとも恥ずかしいタイプの人間性を恥じることなく誇示するやつだというのに。

秋葉の中での許容できないカッコ悪さラインがどこにあるのか、いつか質問攻めにしてみるのもおもしろそうだ。

「いっち、に、さん、し。……やれやれ、何やってんだか」

「ハハ。先が思いやられるね」

一方、渋谷と狛江の美女イケメンコンビは余裕の柔軟っぷりだ。

黒とグレーのコントラストが美しい長髪がさらりと床に広がる。トレーニングウェアに包まれた肢体も女豹のごとく引き締まっていて、鍛えられ洗練された肉体の美をこれでもかとアピールしていた。

見られること、を何よりも意識してきた歌姫の歴史がすべて、彼女の外見に凝縮されていた。

明暗くっきり分かれた柔軟運動を終えた。

いよいよダンス学科首席、大塚竜姫によるダンスレッスンの開始である。

事前の打ち合わせで俺は、まずは何よりも基本を教えてほしいと伝えてあった。

渋谷や狛江にとっては物足りないだろうが、レベル1、ステータス最弱の詩歌を育てるには基礎からじっくりいくほかない。

「はい注目ぅ〜。ボクの世界一わかりやすいダンス講座はじまりはじまり〜！」

わー、ぱちぱち。

詩歌、渋谷、秋葉の拍手が鳴る。あきらかに大塚の高すぎるテンションについていけてなさそうだが、彼女はお構いなしに話を進めていく。

「まずダンスを習得するには、四つの基本を覚える必要があるよーっ。その四つとは何か……わかる人はいるかなっ⁉」

「りずむ」

「シーちゃん正解！　リズム大事、超大事！」

大塚は大げさに拍手した。

正解してうれしいのか、詩歌はほんのりと頬を染めている。

「他には他には⁉」

「さっきやってたこととかぶるけど、ストレッチも欠かせないよね」

「エリぽん正解！　実はさっきの柔軟運動はすでに基礎練の一部だったのだーっ！」

「なんだよ、基本ってそのレベルの基本かよぉ」

　秋葉が不満の声を上げる。

「小説のテクを教わろうとしたら『基本は日本語を正しく使うことだ』って言われた気分だぜ。もっとこう、コツみたいなモンを教えてくれよ」

「甘えんなーっ！」

「へぶっ⁉」

　ばしぃん！　と音が鳴る勢いで背中をはたかれて、秋葉がビクンと跳びあがる。

　体罰反対と叫ばれて幾星霜(いくせいそう)、日本国内でほぼ見かけなくなったスパルタ教育の残り香を感じる光景だが、脂ぎったおっさん教師じゃなくて小柄で可憐(かれん)な子が悪気なさげな陽気さでやってるとあまり嫌な光景に見えなかった。やっぱり人間、多かれ少なかれ顔っていうか、外見の印象で感想が変わる生き物だよなぁと思う。

「てゆーか、これがダンスのコツだよっ！　体を自由自在に使えたら、めっちゃくっちゃラクに踊れるんだからなーっ！」

「あ。じゃあもしかして、筋トレとかも基本のひとつに含まれたり？」

　ふと浮かんだ思いつきを口にしてみた。

すると大塚はきゅるんとなついた猫みたいな目を俺に向けて……。

「おおおおお正解！　やるじゃん、ガッくん！」

「フフ。もしかして天才か、俺」

「天才！　天才！」

「フフフ。そうか、そうか。こうして褒められるのも悪い気はしないな……フフフ」

「なに気持ち悪い顔してんのよ。ストレッチが正解のひとつなら、筋トレも含まれることくらい誰でも思いつくでしょ」

「渋谷ぁ、おまえ容赦なさすぎんよぉ……」

天才でも何でもないことくらい自覚してるんだから、たまに鋭いこと言えたときぐらい、天才ごっこさせてくれてもいいのに。《渋谷軍団》のリーダーは、あいかわらず自分にも他人にも厳しすぎる。

「リズム、ストレッチ、筋トレ……ダンスを極めるために必要な基礎って言われたら納得の並びだね」

狛江が指折り数えながらこれまで出てきた回答をまとめた。

すると彼はその甘いイケメンマスクの眉尻を情けなく下げて、ううん、と首をかしげる。

「けど、もうひとつがぜんぜん思いつかないな……ええと、ステップの踏み方、とか？」

「ぶっぶーっ！　それも大事だけど、次のステップかなー」

一度の会話で違う意味の『ステップ』が二種類交ざると、脳がバグりそうになるな。

まあ、意味はわかるけど。

「たぶんミュージシャン学科のみんなには馴染みがないと思うから、答えを言っちゃうね。最後のひとつはぁ～……アイソレーション！」

「あいす、ろーしょん？」

「あはは！　冷たくてヌルヌルだーっ！」

耳慣れない単語を復唱しようとして失敗する詩歌。

大塚は、神作画アニメのＯＰダンスのようなヌルヌルした動きで、詩歌の言い間違いをその身で実演しながら言う。

「アイソレーションっていうのは、体の一部分だけを独立して動かすこと。実際にやってみるから、見てて見ててーっ」

そう言うと大塚は、ヌルヌルダンスを止めてピタリと停止。

直後、首だけが動きだした。

「は⁉」

「ワン、ツー、ワン、ツー。カクッ、カクッ、クイッ」

肩や胴体、下半身は一ミリたりとも動いていない。

まるで顔だけが磁石でくっついているおもちゃのように右へ左へ上へ下へ、自由自在に動いていた。

「次は肩だけいくよーっ。ホイッ、ホイッ、ホイッ」

「キモ！　どんな体してんだよ⁉」

「あはは！　マナマナひっど！　ダンス学科の子はみんなできるやつだぞーっ」

言いながら大塚は肉体のさまざまな部位でそれをやってみせた。

首から始まり肩、胸、腰……両足や両手まで。

体の一部分だけをカクカクと動かす姿を見ていると、大塚自身が極限まで人間に似せて作られた精巧な人形なのではないかと本気で疑いたくなってきてしまう。

それほどに彼女の芸は見事で、一流のパントマイマーめいていた。

「ダンサーの動画を見たことあるけど、たしかにそういう動き、よく見るよね」

渋谷が納得したように言った。

狛江もうなずく。

「その芸だけで食ってる人もいそうだし、てっきり特殊技能なのかと思ってた。まさか、基本だったとはなぁ……」

「うち音楽のことはよく知ってるけど、ダンスについてはからっきしだもんな」

「秋葉は音楽のことも怪しいけどな」

「んだとぉ、楽斗テメエこらぁ」

「文句あるなら一曲でも完成させてみろや。あァん？」

「うっせーよ！　何もせずに学校通ってる通学ニートに言われたくないっつーの！」

「説明中に喧嘩すんなよー、もー」

ツッコミから戯れレベルの口ゲンカに発展した俺と秋葉を見かねて、大塚があきれた顔で止めに入る。

しゃあねえ、今回だけはダンスの先生に免じて許してやろう。

そう思いながら居住まいを正し、ふと隣を見てみると、詩歌が何やらもぞもぞしていた。

「んっ……んっ……んっ……」

「……何やってんだ？」

「あいす、ろーしょん」

「アイソレーションな」

「どう、兄。これで、できてる？」

「すまん。海底でたゆたう昆布の物真似でもしてるのかと思ってた」

「……がーん」

古いリアクションでショックを表明する詩歌。

妹を甘やかしたい教の敬虔な信者であり、嘘をつくのもそこそこ得意な俺ではあるが、さっきの詩歌に太鼓判は捺せない。

首を動かせば肩が動き、肩を動かせば胸が動き、胸を動かせば腰が動く……部位が独立しているように見えた大塚のアイソレーションとは違い、詩歌のそれはあまりにも不格好だった。

「あはは！　へーき、へーき。最初はみんなそんなモンだよっ」

「……そう？」

「うんうん。よしよしよしよしーっ」

「……ふふっ」

落ち込む詩歌の頭を撫でまくる大塚。

気持ち良さそうに撫でられるままになる詩歌。すっかりなついてしまった様子だ。

とにかく！　と大塚はビシッと指を俺たちに向けて、声を張る。

「ストレッチ、アイソレーション、リズム、筋トレ――この四つの基本を覚えて、自分の肉体を自由自在に操れるようにすること！　それが何よりも大事ッ！　オッケー!?」

「「「「おっけー」」」」

「よーし、いい返事！」

《渋谷軍団》一同、声をそろえて敬礼。テンションがそれぞれ違うのは御愛嬌だ。

「ミュージシャン学科のみんなならリズムは問題ないし、他の部分から伸ばしてこーと思うんだけど、どーかな？」

「異議なーし」「異議あり！」「異議なし」「……異議あり」

渋谷、秋葉、狛江、詩歌でガッツリ意見が割れる。

それをガン無視して、大塚は──。

「まずは自分の体のことをメッチャ知るべし！　てわけで、みんなの体の特徴をチェックしていくよーっ！」

──いたずら好きの子どものように目をきらんと輝かせ、両手をわきわきと怪しく蠢かせるのだった。

＊

「んっ……ふぁ……くすぐったい……」

「シーちゃん、動いちゃダメだよー？」

レッスンスタジオには異様な空気が漂っていた。

大塚と詩歌、ふたりの女子の体が重なり合う。詩歌の背中にピッタリと体をくっつけて
大塚が、慣れた手つきで肉体の一部分を刺激していく。

「ん……でも……変なところ、さわってる……」

「ふだんはひとりで触ってないの？　適度にほぐしてあげないとカラダに悪いぞー」

「自分でとか、無理……」

「じゃあガッくんにやってもらいなよー」

「兄に？」

「うん。ここ、奥のほうまでグリグリってしてあげると……」

「ひゃうんっ!?　なにこれ……こんなの、知らない……痛いのに、気持ちよくて……」

百戦錬磨の手管にビクンと震え、顔をとろけさせる詩歌。

長い前髪の隙間から覗いたおでこはじっとりと汗ばみ、血の巡りが良くなったのか、頬が赤く火照っている。

不思議だ。なぜ健全な行為しかしていないのに、こんなにも空気が桃色に見えるのか。

「おまえら、もうちょいセリフをどうにかできないか？」

たぶん理由はそれだった。

妹の口から十八禁なワードが漏れる状況を兄として放置できず、俺は思わず口を挟んだ。

「ほえ？　何が？」

「兄、イミフ」

詩歌の肩甲骨をこぶしでグリグリ押し込んでいた大塚と、うつ伏せになりながらされるがままになっていた詩歌が、同時に俺を見てそう言った。

そう、ふたりはきわめて健全なことをしていたに過ぎない。もしさっきの一連のセリフで何か良からぬ妄想をしたやつがいたとしたら、それはそいつの脳味噌（のうみそ）がけしからんのだ。

つまり俺はけしからんやつであり、めちゃくちゃ死にたい気分になった。誰か殺してくれ。

くっ、と辱（はずかし）めを受ける女騎士のように顔をそむけた俺の肩が、ぽんとたたかれる。

振り向くと秋葉が親指を立てていた。

「気持ちはわかるぜ」

「わかってくれるか、我が友よ」

やっぱり男よりも男っぽい女友達は最高だぜ。

「詩歌の色っぽい声、あんま聞いたことなかったけど……こいつはクるものがあるぜ」

「おいこら人の妹で興奮すんな」

訂正。こいつに妹が性的な目で見られるのは何か嫌だ。

「こら、男子。アホな会話してんじゃないわよ」

「うちは女子なんだが⁉」

「エロい目してたら同じだっての。てか最初に説明されたでしょ。詩歌の体の特徴を調べるってさ」

渋谷の言うとおりだった。

可動域の確認をするよ、と、桃色時空を発生させる前の大塚は言っていた。

自分の腕や足、関節がどこまで動かせるのかを自覚している人間は少ない。

体を曲げようとしても無意識につらいと感じる一歩手前で止めてしまうし、部位によってはそもそもその部分の動かし方を知識として知らない場合もあるという。

その最たる例が肩甲骨(けんこうこつ)だ。

肩甲骨だけを動かせることを知らない人間は多く、他人の手で動かしてもらうことで、初めてその可動域が理解できる。

……と、大塚が言っていた。幸いにも、俺は戦闘術を勉強する過程で肩甲骨の大切さを知っていたので、彼女の説明をすんなり理解できた。まさかダンスにも必要だとは思いもしなかったが。

「オッケー。シーちゃんの体つきは何となくわかったよ」

「……どうだった?」

「シーちゃんはね、ズバリ……猫背ッ‼」

うん、知ってた。

大々的に発表された結論は、ただの事実の再確認でしかなかった。

「ちなみにダンスを綺麗(きれい)に見せる上で、いちばんアレな体形！」

「猫背……にゃー」

「がーん……」

「大塚よ。なぜ妹にトドメを刺した」

「えー、本気でブッ刺すならもっと強烈なパンチを喰(く)らわせるよーっ」

冗談か本気かわかりにくい明るい笑顔でそう言い放つと、大塚はふたたび詩歌の肩甲骨に指を這(は)わせた。

ぴくん、と詩歌を刺激でふるえさせながら大塚は言う。

「でもシーちゃんの猫背はぜんぜん矯正できるよっ。運動不足で筋肉ついてないせいで、逆に変に骨が曲がった状態で固定されすぎてるわけでもなさそうだし。毎日コツコツ矯正していけば、めっちゃスタイル良くなるんじゃないかなーっ」

「おお……っ」

　俺は感動した。

「さすがは詩歌。やっぱり絶世の美女の素質を持ってたか！」

「兄馬鹿すぎんよ、楽斗……。でもさ、矯正って具体的にどうすりゃいいんだ？」

「いい質問だね、マナマナ。ククク……ゴッドハンド竜姫の腕の見せどころ、ってね！」

　両手を体の前で交差させ、大塚は映画の主役のようなポーズを決めた。

「……（そろ～）」

「逃げんな」

「うぅ～」

　何か嫌な予感を感じたんだろう、忍び足でレッスンスタジオを出て行こうとした詩歌の首根っこをつかまえた。

　いやまあ、俺も不安なのは同じだけど。

　大塚さん。頼むから、お手柔らかにお願いします。

第2話　協力

翌日の朝。

熟睡中の耳元でやかましく鳴るうっとうしいスマホのアラームを乱暴に止める。

二度寝、三度寝、どころか十度寝さえあるのがふだんの俺なわけだが――。

今日は違っていた。

「ふんぬっ！」

気合いを入れてベッドから飛び起きる。ベッドのスプリングを利用し、華麗に床に着地。

頬にビンタ一発。それで完全に目が覚めた。

時計の示す数字は朝5時。授業開始まではまだかなり余裕があるものの、いまからやることを考えたらむしろ時間はないと言ってもよかった。

昨日の大塚(おおつか)の説明を聞いて、いくつかダンスについてわかったことがある。

たとえば筋力トレーニングも大事であることとか。

何も知らなかったときはダンスなんて洒落た文化、俺に教えられることは皆無だと諦めていた。

しかし基本の中に筋トレが含まれるなら話は別だ。

音楽の才能なし、学力も運動神経もゴミ、繚蘭高校が育てているようなタレントとしての素質が皆無な俺にも数少ない特技がある。

筋トレの知識と実績、そして独学で習得した戦闘術。

詩歌を守れる兄になるべくひきこもりながらひとりで修練を積んできた経験のおかげで、詩歌や秋葉に、ダンスのための筋力をつける知恵を授けられるのではなかろうか。

そう思い、今日からさっそくふたりを朝練に連れ出すつもりだった。

秋葉に寝坊してないだろうなと圧をかけるメッセージを送ると、トレーニングウェアに着替えて自室を出た。

行き先はもちろん愛しい妹の部屋である。

「入るぞー」

ノックとともに声をかけて、だけど返事は待たずに入室した。この時間の詩歌が起きているはずもなく、つまり絶対に返事はないとわかっていたからだ。

「すー……すー……」

案の定、詩歌はベッドで丸くなって眠っていた。

肩をゆすってみても、むにゃむにゃと小さな口から可愛(かわい)らしい声が漏れるだけで、目を覚ます気配はない。

やれやれだ、と思いながら俺は詩歌を仰向けにしてやると、その体をぐいとベッドの縁まで引っ張った。

体をベッドに残したまま頭だけをはみ出すような格好にさせる。

「あうっ……んぅ？」

「おはよう、詩歌。約束の朝練の時間だ」

「やくそく……したっけ」

「したんだよ、昨日の夜。おまえ疲れ果ててたし、半分聞いてなかった気がするけど」

「なら、ノーカンに」

「ならはないから」

「むう。兄、いじわる」

「何を言う。最大限の愛だろうが」

「ところで、兄」

「なんだ？」

「なんでさかさま？」

「さかさまになってるのは俺じゃないぞ。おまえの頭のほうだ」

「おー……そーいえば、首、がくん、ってなってる」

長い髪もだらんと床にたれている。

だらしない格好だが、俺はいたずらにこの姿にさせたわけではない。

「猫背矯正法のひとつな。定期的にやるといいって、昨日大塚が言ってたろ？」

「そうだっけ」

「忘れるなよぅ」

都合の悪い記憶を抹消して現実逃避しようとするのは詩歌の悪癖だ。

音楽に対してはあれほど真面目に向き合えるのだ。けっして精神力が弱いわけではないはずなのだが、なぜか他のあらゆる物事に音楽と同等の情熱を注げない。ほんのひとさじでも他の分野に分けれたら、たちまち他のタレント候補をぶち抜けるのに。

嘆いても仕方ないな、と俺は肩をすくめる。天才という生き物はそういうものなんだと割り切るしかないことを、詩歌と長く付き合い続けている俺はよく理解していた。

ともあれ詩歌の頭がだらんとベッドからはみ出てる姿は、正真正銘、猫背矯正の一環だ。

ＰＣやスマホにのめりこみがちな人間は、日常的に前かがみになるせいで首の骨が内側に反っていく。

すると骨はまっすぐよりも曲がっている形状が正常なのだと勘違いしてしまい、その人の姿勢はどんどんと猫背になっていってしまう。

それを直そうにも首は素人が下手にいじったら危ないし、自分ひとりで首の骨を伸ばすのは体の構造上どうしても無理がある。

そこでこの方法だ。

ベッドに仰向けになった状態で頭だけをはみ出させ、重力に任せるままにだらんと頭をたれさげる。するとだんだん猫背とは正反対の癖がついていき、猫背が矯正されていくのだという。

「……いつまでこのカッコ？」

「もうおしまいだ。さあ、起きてすぐジョギングに行くぞ。帰ってきたら筋トレもだ」

「兄、厳しい。鬼」

「ぐ……胸が痛むが……ダメだぞ。今回は甘やかさないからな」

「ちっ」

小賢しいことを考える詩歌も可愛かった。

詩歌をジャージに着替えさせて家を出ると、俺たちは近所の公園へと向かった。

詩歌が天王洲圭にスカウトされたり、渋谷からの勝負を受けたり、何かと印象的な事件が多いいつもの公園だ。すべり台が一個だけぽつんと置かれた寂しい場所で、子どもたちが遊ぶには物足りないだろう。

しかし遊具など不要な今日の俺たちには最適な環境だった。

公園にはすでに秋葉が到着していて、遅れて到着した俺たちの姿を見るなり、いー、と威嚇して犬が牙を剝くような顔を見せてきた。

「おっせぇよ、おまえら！　なんで電車で移動してきたうちより近所に住んでるおまえらのほうが遅いんだよ！」

「本当の待ち合わせ時間より30分早く指定してたから」

「はあ⁉」

「どうせ20分くらい遅刻するだろ？　朝からトレーニングとかめんどくせーって」

「うっ……た、たしかに、着いたのはちょうど10分前くらいだけど……」

なぜわかった、と疑問の目で見てくる秋葉に、俺はドヤ顔で答えた。

「ダメ人間の思考回路は手に取るようにわかるぜ。なぜなら、俺もそうだからな！」

「偉そうに言うなし。……てか楽斗おまえ、それはなんだ？」

秋葉はそれ――俺が転がしてきた自転車を指さしていた。

「何って、自転車だが？」

「ジョギングするのにどうして自転車が必要なんだよ。いらねーだろ、どー考えても」

「いや、だって、走るのおまえらだけだし」

「はあ⁉　うちらにだけ走らせるのかよ！」

「あたりまえだろ。俺、べつに踊らないし。疲れるのヤだし」

「く、クズすぎる……良心ってやつはないのか……？」

「失敬な。良心はしっかり痛んでる。ただ走って肺と腹が痛くなるよりマシってだけで」

「うわー……」

ドン引きしたような顔をされても俺の考えは変わるはずもない。

何せ俺も詩歌と同じで生粋のヒキコモリ。筋トレしてたり戦闘術を習得していると運動が得意なのではと勘違いされそうだが、ひとくちに運動能力と言ってもさまざまな分類がある。

俺の場合、筋力と技術と瞬発力はあるけどスタミナはゴミクズなのだ。ジョギングなんてしたら5分で息切れする自信があった。

「てかうちだってダンス動画のメンツに入るかまだわかんないだろ」

『繚蘭サマーフェス』の特設ステージに出られるのは上位3名。《渋谷軍団》は俺を除けば詩歌、渋谷、狛江(こまえ)、秋葉の4人であるためひとり余る。実際、実力を考えたら秋葉が二軍落ちするのが妥当だといえる。

「どんなトラブルがあるかわからんし、踊れるに越したことないだろ。とつぜん、誰かが怪我(けが)したり体調不良になる可能性だってあるし。男ひとり、女ふたりのバランスよりも、女3人のほうが数字が取れることが判明するかもしれん。だいたいサマーフェスを抜きにしても、評価は高いほうがいいだろ」

「む……そりゃー、まあな」

「だろ。だったらつべこべ言わず、動けるようになっとけっての」

「ちっ……わかったよ」

不服そうな顔のまま、秋葉はしぶしぶうなずいた。

「ほら、くっちゃべってる時間はないぞ。軽く準備体操したら走れ！」

「ぐぬぬ……このクソ男めぇ……」

「兄、ずるすぎ……」

「にらむなよぅ。ご褒美(ほうび)も用意してるんだからさぁ」

「……ご褒美？」

甘美な響きに反応して詩歌が目を輝かせた。

現金なやつめ、という本音を隠しつつ俺はぐっと親指を立てた。

「うまい肉を食べさせてやる」

「お肉……じゅるり」

「がんばれるか？」

「がんばる」

こぶしをぎゅっと握りしめる詩歌。さっきまでのやる気のなさは消し飛んでいた。

我が妹ながらモチベーションの源がわかりやすくて助かる。


それからしばらくの間、詩歌と秋葉のふたりには、俺の考案したジョギング&筋トレのメニューをこなしてもらった。

考案と言っても、WAYTUBE（ウェイチューブ）で検索して出てきたトレーニング系の動画を丸パクリしただけだが。筋トレのほうは俺が実践して効果的だったものを厳選しているので、付加価値はいちおう乗せていることになるだろう。パクリはパクリだろって？　うるせえぞ、世のセレクトショップに謝れ。

ちなみにトレーニング風景の一部を抜粋すると、だいたいこんな感じだ。

「ぜぇー！　ぶはぁー！　ひっ、はっ！　ぶえええええ、あああ」

「疲れ方が汚いぞ秋葉。もうちょっと可愛くしろよ」

「自転車で並走しながら言ってんじゃねえええええええええええ！」

「はあ……はあ……うう、もうだめ……しぬ……」

「大丈夫だ、詩歌。もうすこしで終わりだからな」

「うちと詩歌で扱いが違いすぎね⁉」

ジョギングで疲労困憊とは思えない秋葉の痛烈なツッコミが冴えわたる。

「腹筋、きつい。おなか、割れそう」

「腹は割れて正解だからな。その調子でがんばれ、詩歌」

「ぐ、ぎぎぎぎぎ……おっ、ほぉ……！」

「腹筋で汚い声を出すな、秋葉。もうすこし静かにできないのか？」

「う、うるぜえ……ぎ、ぎづいんだぞ、ごれ……！　おまえはでぎんのがよぉ！」

「余裕でできるぞ。ほっ、ほっ、ほっ」

「ぢぐじょおおお得意分野だからってイキイキしやがってえええええ……んおおおお！」

筋トレでは限界突破した秋葉の獣じみた悲鳴が響き渡った。

そうこうしているうちに時間は過ぎていき、登校準備をしなければ遅刻してしまう時間が迫ってきた。

両手をたたいて練習終了の合図を送ると、汗だくバテバテのふたりを連れて一度池袋家に戻る。詩歌と秋葉にシャワーを浴びさせ（秋葉にはついでに風呂掃除もさせた）、入浴中に朝飯の準備を済ませた。

風呂から出てきた詩歌と秋葉の前に胡椒の香り立ちのぼる皿を差し出すと、疲労で死にかけていたふたりの目に輝きが戻った。

「お肉……！」

「おおーっ！」

「赤身肉のステーキだ。筋力をつけるなら運動後に良質なタンパク質を摂るべし」

筋トレ系WAYTUBERがそう言ってた。

「うそじゃなかったのかよ！　楽斗のことだから、どうせ餌だけぶらさげて何もなしかと思ってたぜ」

「失礼なやつめ。おまえの中で俺のキャラどうなってんだ」

「いや、その反応になる楽斗の頭ン中こそどうなってんだよ……自分の行ないを振り返れよ……」

「自炊は面倒だが肉を焼くだけなら簡単だしな。これぐらいなら俺でもできる」

「兄、天才。食べていい？」

「いいぞー。しっかり噛んで、ちゃっかり血肉にしてくれ」

「いただきまーす！　いやぁ楽斗がうちらのために肉をなぁ～。いつも奉仕させられてるぶん、楽斗を働かせたって事実だけで気分がいいぜ」

「食べ終わったら皿洗いとフライパンの油汚れを落とすのは秋葉の仕事だけどな」

「決定事項かよ⁉」

「あたりまえだろ。なんのために朝練におまえを呼んだと思ってるんだよ」

「洗わせるためかよ！」

自炊が面倒な理由の筆頭が後片付けである。特に油を使うとシートで綺麗に油を吸わなきゃならなかったり、べとついた換気扇を洗剤で丁寧に拭かなきゃならなかったりで死ぬほど面倒だと聞いている。

秋葉のような便利なメイド役がいなかったら、絶対に家で肉なんか焼かない。

「……前言撤回。やっぱおまえはクズだ、楽斗」

「肉をおあずけ＆詩歌とのコラボから永久追放」

「ごめんなさいうそです楽斗様のために誠心誠意お片付けさせていただきます‼　赤身肉のステーキうめえええぇ‼」

やけくそのような謝罪をしながら肉を掻っ込み、その旨さに顔をとろけさせる秋葉。

表情変化の激しさが面白すぎたので、内心でこっそり「媚び媚び百面相」と名づけた。

はふはふ、とおいしそうに肉を頬張っていた詩歌が、ふいに俺のほうを見た。金色の目が、じーっとこちらを見つめている。

「どうした？」

「体きたえて、お肉たべて、筋肉つけて。……ダンス、上手くなる？」

「ああ、もちろんだ。大塚っていう最強の先生もいるしな」

「ん。……なら、がんばる」

「苦手なことやらせちまって、ごめんな」

「ううん」

ふるふる、と首を横に振った。

「ダンスは苦手だけど……ダンスミュージックの音は、けっこう好きな色だから。もしも踊れたら、もっと違う色も見えてくる気がする」

「……そうだな。その色を見つけるためにも、頑張ろうな」

「うい」

こくりとうなずいて、詩歌はふたたび赤身肉を口に詰め込んだ。

詩歌は詩歌なりに殻を破ろうとしている。苦手から逃げるだけでなく、果敢に挑戦しようとしている。

であれば俺も、できるかぎりの協力はしてやりたかった。

（……とはいえ、期末考査までは時間がない）

詩歌と秋葉の食べる姿を眺めながら、俺はひとりぼんやりと思考にふける。

筋肉や運動能力は一朝一夕で目覚ましい成長を遂げるようなものじゃない。一夜漬けが通用しない唯一の科目が体育だといってもいいわけで、ダンスを主軸に活動している千石ライアンたちに勝てるダンスを期間内に仕上げられる確率は0に等しいだろう。

何か飛び道具が必要になるかもしれない。

ダンスのクオリティだけではない、他の加点要素。それを見つけられなければ、詩歌が『繚蘭サマーフェス』の特設ステージに立つ未来は訪れない。

情報が必要だ。

もし去年の『繚蘭サマーフェス』を知っている人間からヒントを得られたら、運動性能以外の点で攻略する方法が見つかるのではなかろうか。

秋葉の情報網に頼ってみるか？

……いや、違うか。秋葉は1年生の情報まとめをやってる関係で同学年のことには敏感だが、上級生となるとあらためて足で情報を集めにいかなければならなくなりそうだ。

いま彼女には情報収集で無駄な時間を使うよりも、しっかりとダンスを習得することに時間を使わせたい。

それに、上級生で、去年の『繚蘭サマーフェス』に詳しそうな人間……その条件に、俺は心当たりがあった。

「変な人だから、あんま深く関わりたくはねーけど。……しゃーねーか」

ぼそりとつぶやき、俺はひとりの女子生徒の顔を思い浮かべた。

神田依桜(かんだいお)──筋力トレーニング基礎の授業で出会った、風変わりな天才女優の顔を。

*

繚蘭高校の校舎内。赤煉瓦(あかれんが)のモダンな外観にふさわしく中の廊下も上品な色でまとめられている。板張りの廊下の茶色と白塗りの壁、大正時代にでも迷い込んだのではないかと錯覚に襲われそうだ。

そんな古めかしい雰囲気と正反対に、廊下には現代の流行の最先端を行くファッションに身を包んだ生徒たちが行き交っている。

昼休み特有のゆるんだ空気に華やかな女子の黄色い声がこだましていた。

いつもとすこしだけ違う景色に見えるのは、ここが3年生のフロアだからだ。

妙に緊張する。

年齢的には俺と同じ人ばかりとはいえ、1年生である俺の学校内での立場は明確に後輩。先輩ばかりの空間に立っていると思うとそわそわしてきてしまう。ただでさえヒキコモリ、人見知り、コミュ症と三拍子そろっている俺である。さっさと用事を済ませて帰りてえ。

なるべく人目につかないようにこそこそと物陰に隠れながら教室の中をうかがい、目的の人物——神田依桜の姿を捜す。

相手は絶世の美女、全身からオーラを放つ天才女優なのだ。周りの風景から浮きあがるように目立っているはずで、その姿はすぐに見つけられる。そう思っていた。

だが、見つからない。

目をこらしても意識を研ぎ澄ませても、神田依桜の姿はどこにもなかった。

事前に彼女の所属クラスは調べてきたのだが、もしかして情報が誤っていたのだろうか。それとも昼休みだからどこかへ出かけているのだろうか。授業が終わると同時に、詩歌を仲間たちに預けて急いで走ってきたのだが……間に合わなかったのか。

そう思って踵(きびす)を返そうとしたとき、ふいに背後に人の気配を感じた。

「……！」

ぞくりとして振り返る。

いつからそこにいたのだろうか、目と鼻の先と呼べるほどの至近距離に白雪姫のような美貌があった。

「教室に何かご用事でしょうか？　誰かを呼びたいのでしたら、私が取り次ぎますよ」

「依桜……あんた、いつの間にっ」

「こんにちは、楽斗さん。私でしたら、数十秒ほど前からここにいました」

にっこりと微笑(ほほえ)んでみせたのは目当ての人物、神田依桜だった。

雪をまぶしたかのような白い肌に、色素が抜けた白銀の髪。表情豊かでありながらも、ペイントされた仮面をかぶっているかのように腹の底が読めない顔。行儀よく制服を着こなした姿は優等生然としているが、だからこそ得体の知れぬ雰囲気を醸(かも)し出している。

才能あふれる生徒たちが集まる学び舎(まなや)、繚蘭高校の中でも最上級の逸材。すでに映画やドラマに出演し、活躍している現役の女優である。

あまりにも多彩な役を高い実在感で演じてみせるその姿から、《千の心臓を持つ女優》と呼ばれているらしい。

そんな学校屈指の有名人を相手に俺のような凡人風情(ふぜい)がなぜ「依桜」などと呼び捨てに

俺と彼女の間には、それほどの絶望的な格差がある。スナイパーライフルと石の斧(おの)、ダイヤモンドと石ころ、月とスッポン、していのるのか。

俺が格差をわきまえぬ不埒(ふらち)な男である、というわけでは、もちろんない。

俺だって、可能なら彼女のことは穏便に「神田先輩」と呼んでいたかった。

しかし他ならぬ依桜自身から、自分のことは「依桜」と呼び捨てにしてほしいと申し出てきたのだ。同い年なのだからいいだろう、と。なぜ俺の実年齢を突き止めていたのかはわからないが、そこまで言われたら呼び捨てにせざるを得ないわけで、俺はけっして悪くないのだ。

「数十秒もそこにいたのかよ……。ぜんぜん気配がなかったんだが」

「フフ。舞台女優の仕事もしていますから」

「それ、何か関係あるか？」

「舞台の上で演出の意図にない足音を立てるわけにはいきませんので。ふだんから足音を殺す訓練をしてるんです。職業病。まるで暗殺者。カッコいい……よくありませんか？」

「すげえとは思うけど」

俺はヒキコモリだが他人の気配には人一倍敏感だった。いや、ヒキコモリだからこそ、といってもいいかもしれない。

他人の目は嫌いだ。社会の中で誰かが俺たちを見るとき、たいていロクな感情が含まれていないから。その嫌な経験を積み重ねていった結果、俺は視線を注がれるだけで全身の産毛が逆立つような寒気に襲われるようになった。

音に敏感な詩歌に比べたら俺は鈍いほうだが、それでも世間一般の何の障害も感じずに生きてきた人間よりは遥かに感度が高いと思う。

そんな俺に気づかれず、吐息さえ感じるような距離に近づいたのだから、正直すごい。すごすぎる。

「どうしたのですか。私の顔に興味津々、ですか？」

「あ、いや。ホント何者なんだろうと思ってな。……まさかガチで暗殺者とか、ある？」

「ありますよ」

「真顔で即答すんな。あんたのそれ、本気か冗談かわからないんだよ」

「ふふふ。ありがとうございます」

「俺いま、褒めたっけ？」

「ええ、はい。女優にとって最高の褒め言葉でした」

「そ、そっか。捉えようによっては、たしかに、そうだったかもな……」

ただふつうに会話しているだけでどんどん蟻地獄に呑み込まれていくようで、足元がふらふらしてきてしまう。

　こめかみを押さえてうつむいていると、あごの下から透かすように、依桜が前かがみになって俺の顔を見上げてきた。

「もしかして私に会いにきてくれたのですか？」

「急に核心を突いてきたな」

「さっきまで教室に集中していたのに、私と会話を始めてから一度もそちらを気にしないので。てっきり私と出会えたことで目標が達成されたのかと」

「嫌すぎるほど的確な洞察力だな。正解だよ」

「あなたも、私に興味津々、でしたか。それは……フフ。とてもうれしいです」

「あんたに、っていうよりは、期末考査のことに興味があるだけなんだけどな」

　俺は本題に入ることにした。すでに余計な会話を続けてしまった気がするけれど、これ以上依桜のペースに呑まれていたら無限に時間が溶けてしまいそうだった。

「期末考査、ですか？」

「ああ。上位の成績を収めると『繚蘭サマーフェス』の特設ステージに立てるっていう」

「ありますね。毎年、この時期のお約束です」

「それを突破するためのヒントを知りたいんだ。３年生のあんたなら、去年までの傾向で何か攻略の糸口を知ってたりするんじゃないかと思ってさ」

「なるほど。たしかに私は、去年もおとどしも、特設ステージに上がりました。えらい」

えへん、と胸を張る依桜。

大人びた外見に似合わぬ幼いしぐさに、不覚にも可愛いなと思ってしまう。

「ああでも、どうだろうな。あんたの場合、攻略法は必要なさそうだよな」

「おや。どうしてですか?」

「全校生徒の中で頭ひとつ飛び抜けてるだろうし、実力だけで攻略できそう」

「む、失礼な。さては侮っていますね」

「いやどう聞いたらそう聞こえるんだよ」

むうと頰をふくらませる依桜。

実力を評価されて不服な顔をするとは、いったいどういう了見だ? 彼女が喜ぶツボも
わからないが、不機嫌になるツボはもっと意味不明だ。

「私も努力、工夫をしてますから。実力のゴリ押しゴリラと思われるのは心外です」

「ゴリラをつけるのは悪意ありすぎないか? 自分に対して」

「とにかく、私もしっかり工夫を凝らして攻略しましたから。あなたの役にきっと立てる、
確信してます」

「お、おう。それは頼もしいな」

両手をにぎりしめながらぐいっと顔を近づけられて、俺は思わず仰け反った。

相変わらず妙に押しの強い女性だ。

「しかし実力も人気もあるあんたが真剣に攻略法まで模索したとはなぁ。他の生徒にしてみたら、つけいる隙がなさすぎて絶望だな」

「2位とはトリプルスコアでした」

「うわぁ……」

当時の依桜以外の生徒たちのお通夜ムードが容易に想像できる。

さすが繚蘭高校のナンバーワン。容赦がない。

「期末考査の攻略法、教えてもかまいません。ただ――」

依桜は言葉を切って、俺の顔色をうかがうような目を向けてきた。

「代わりにひとつ私のお願いを聞いてもらえますか?」

「交換条件ってことか。まー、俺にできることならやるよ」

「本当ですか!　ああ、よかった。どうしてもしたかったのに、相手がいなくて困ってたんです」

ぽんと両手を打って喜ぶと、依桜は頬を赤らめて言った。

「放課後、私と『お突き合い』してほしいんです」

お付き合い、とは微妙にイントネーションが違った気がする。

疑問は残るが、そこを突っ込むとまるで自分がいやらしい想像をしているかのようで、俺はとりあえず何も気づかなかったように流すことにして。

無難な返事をした。

「……了解。それじゃあ、放課後に」

「はい。よろしくお願いしますね♪」

放課後の連絡用にメッセージアプリのIDを交換して、その場は別れることになった。

1年の教室に戻る途中、依桜の連絡先が追加されたスマホを眺めてふと思う。

流れとはいえ現役芸能人とIDを交換してしまった。

さすがにそんなことでルンルン気分になるほど脳味噌(のうみそ)お花畑でもないが、不思議な気分ではある。春まで一般ヒキコモリだったのに、ずいぶんと出世したもんだ。

＊

「それじゃ俺は用があるからこれで。おまえら、レッスンさぼんなよ」

放課後。帰りのホームルームを終えて集まってきた《渋谷軍団》の仲間たちへ、詩歌を託す言葉を残すと、俺はそそくさと教室を出ていこうとした。

「兄、どこ行くの？」

「ちょっと野暮用でな。渋谷たちと一緒なら大丈夫だろ」

「お昼休みもいなかった」

「昼休みも野暮用でな。あんときも俺がいなくてもどうにかなったろ。気にせずレッスンに励んでくれたまえよ。はっはっは」

「女？」

「なーんの話かなあああ⁉」

直球で正解を当てられて声が裏返った。

渋谷が冷ややかな目を向けてくる。

「え、なに。アタシらが汗かいて努力してるってのに、外に女を作ったワケ？」

「ち、ちげえよ。俺がそんなクズ野郎に見えるか？」

「いや、クズでしょアンタ。モテそうには見えないけど」

「最悪の組み合わせなんだが⁉　クズでモテそうか、誠実でモテなさそうかのどっちかにしてくんねーかな、せめて！」

俺が渋谷に抗議していると、ふいに狛江が俺の肩に鼻を近づけてきた。

くんくん、と動物のように鼻を動かすと、ニヤリと意地の悪い笑みを浮かべる。

「あれれ、あれれれ？　楽斗、甘い香水の匂いがするぞ？　やっぱり女の子と会ってたんじゃないかなぁ」

「マジで⁉　うっそ、香水ってあれくらいの距離で移んの⁉」

「あれくらいの距離、ね。ほほー……これは罪を認めたってコトでいいのかな☆」

「ぐあっ……」

詩歌のことが好きらしい狛江に対し、兄の立場を振りかざしてきた日々の仕返しか。

俺の急所を見つけたり、と言わんばかりに責め立ててくる。

「狛江。おまえ覚えてろよ。そんな男に、絶対に詩歌はやらんぞ」

「なに言ってるのさ。オレは責めたりしてないぜ。カワイイ女の子と遊びたいってのは、全男子共通の願望だからな。わかるぜ」

「ぜんぜんわかってねえだろ……てか、そういう浮いた話じゃないんだってーの」

「そうだぜ乃輝亜(のきあ)。エリオも。おまえら、楽斗のことをなんもわかってねーよ」

秋葉が助け船を出してくれた。

詰将棋のごとく俺に迫っていた渋谷と狛江の肩をたたき、秋葉はやれやれと首を振る。

「推しのVTUBER（ブイチューバー）の配信があるとかそんなところだろ。このヒキコモリ男と女の接点なんて、どうせ画面越しに決まってるぜ」

「秋葉てめえこの野郎、俺のことよくわかってるじゃねーか！」

ムカつく評価だが、この場では正直助かる意見なので全力で乗っておく。

ただこれだけで言い逃れるのは無理があるだろうし他の言い訳も考えなければ、と思い渋谷と狛江のほうをちらりと見た。

「まっ、それもそっか。楽斗が女の子となんてありえないよね～」

「残念。ガチだったらオレの口説きテクを伝授してあげようと思ったのに」

「その素直さが逆に腹立たしいな、おい」

どうせ俺はコミュ症で非モテだよ。ちくしょう。

「とにかく行くからな！　詩歌、大塚の言うことをよく聞いて、バッチリ成長しろよ！」

「ん。がんばる」

親指をグッと立てると、詩歌も両手の親指をググッと立てて返してくれた。

いい子だ。頭をぽんぽん二度撫（な）でて、俺は教室を出て行った。

メッセージアプリで依桜と連絡を取り合い、指定された場所へと向かう。

幸いにもそこは、詩歌たちが練習に使うレッスンスタジオとは離れたところにある建物だった。

筋力トレーニング基礎の授業で使うジムが入っている建物だが、今日の行き先はそこではない。

メッセで共有された地図を頼りに目的の部屋に到着した。

ドアを開けて中に入ると、ゴムの香りがむわりと鼻をついた。

床一面に真っ黒な総合格闘技用のマットが敷き詰められていて、組みあげられた鉄の柱から重たそうなサンドバッグがぶらさがっている。フォームを確認するための鏡、ベンチプレスやランニングマシンもあった。

やたらと本格的な総合格闘技ジム、あるいは道場といった雰囲気の場所。

格闘家系のWAYTUBER（ウェイチューバー）が喧嘩（けんか）自慢の不良を招いてスパーリングするような動画で使われるタイプの施設だ。

バシン、バシン、とサンドバッグをたたく鈍い音が響いている。

ぶらさげている鎖と衝撃を支えている鉄柱が軋（きし）んでいる。

グローブをつけた手でサンドバッグを打っているのは依桜だった。待ち合わせをしたのだから彼女がここにいるのは当然なのだが、あまりにも意外な光景に一瞬、脳がバグってしまう。

　これ、本当に現実か？

　どうして学校屈指の天才女優がプロの格闘家顔負けの腰の入った完璧なパンチを打っているんだ？

　その光景に圧倒されて立ち尽くしていると、依桜がこちらに気づいて動きを止めた。

　ひたいに浮いた汗を軽く拭って、さわやかな笑みで迎えてくる。

「お待ちしてました。ささ、こちらへ」

「……俺、もしかして騙されてた？　女優に誘われて勘違いしてた陰キャをボコってみた、的な動画の企画？」

　カメラと屈強な男たちが隠れ潜んでいないか、あたりを見渡してみる。

　広々とした場所には、俺と依桜以外に誰の姿もない。隠れられそうな場所もなかった。

「動画？　何の話ですか？」

「……いや、こっちの話」

　考えすぎか。すでに名のある女優がそんな俗っぽい企画をやったら世間からバッシングを受けそうだ。わざわざ積み上げてきた一流のブランド——神田依桜という本物の天才の

〝顔〟に泥を塗るような真似(まね)はしないだろう。

「てか、こんな場所に呼び出すってことは、俺に付き合ってほしいことって……」

「はい。スパ、、、ーリング、していただきたくて」

「あーなるほど。それで『突き合う』ね……」

すべてを理解した。イントネーションの不思議もこれで納得だ。

「実は、私には次なる目標がありまして」

「勤勉なこった。すべてを手に入れた女優が、まだ上を目指すとは」

「ええ。日々反省、日々精進。向上心を忘れず、突き進むことが生きること、ですので」

「俺の座右の銘、全部あんたのやつの対義語だわ」

ここまで正反対な人間を見つけるのもなかなか難しい。

怠惰な俺には彼女の真面目さはあまりにも眩(まぶ)しすぎた。

「今度、北米の出資を受けた大型アクション映画のオーディションがありまして」

「おお。そりゃまたビッグな案件だな」

「せっかくなので、すべてのシーン、スタントマンを使わず行けるとアピールしようかと。本格的にカンフーを習得してみたんです」

「……。……は?」

さらりととんでもないことを言われて、一瞬だけリアクションを忘れてしまった。

「いやいやいや、ちょ、え、マジで？」

「マジです」

「ああいうのは役者本人はやらないってネットで見たんだが」

「ビジュアル重視でキャスティングされて、危険な芝居はスタントマンやＣＧで済ませることも多いですね。ですが北米では俳優として抜き出るために容姿や演技力以外の一芸が求められますし、日本でもやはり一流の方々は自らすべてのシーンを演じきりますので。私も、そうありたいと考えています」

「立派すぎて眩しい……目がつぶれそうだ」

「あら、大変。責任を取って、義眼を入れるときは手術費用は私が持ちますね」

「本気なのか冗談なのかわからん発言はやめてくれ」

「本気ですよ？」

「…………」

真顔で小首をかしげる依桜。俺は返す言葉もなくため息をつくしかなかった。

こちらをどうぞ、と言いながら依桜が俺の手に総合格闘技用のグローブを握らせた。

「スパ、、、ーリングまでする必要あるのか？」

「実戦の動きは型だけを学んでも不十分かと。真に戦う者の所作を再現するには、やはり実戦を想定した打ち合いをしなければ」

「なるほど、それで。……詩歌じゃなくて俺なんかに注目したのも、それが理由か」

「鍛えかたがふつうじゃありませんし、何らかの格闘技を習得しているとお見受けします。そうでしょう？」

「……期末考査の攻略法、教えてくれるんだよな？」

あらためて念押しする。

自分の急所ともいえる情報、手の内を明かす以上、そこは確約を取っておきたい。

「もちろんです。女に二言はありませんよ」

「録音したからな。嘘をついたら暴露系WAYTUBERにタレコミして炎上させてやるから覚悟しろよ」

「ふふ。安心してください。誠実に生きる、をモットーとしてますので」

「システマ――軍人向けの格闘技っていうか、戦闘術だよ。独学だから、本物の軍人さんに見られたら怒られる程度の素人っぷりだけど」

「なるほど。どんなアクションが見られるのか楽しみ、興味津々、です」

「怪我しないようにな。素人なもんで、手加減とか下手だからさ」

「はい。怪我もまた一興ですが」

「勘弁してくれ」

大切な女優の顔に傷をつけたとあっては彼女の事務所から暗殺者が送られるかもしれん。

芸能人の闇を暴いた報復を恐れて海外で暮らしてる某ＷＡＹＴＵＢＥＲみたいな人生を送るのは御免だ。ああいうのは、もう失うものが何もなくなってから、なりふり構わずにやることだろう。

そう考えながら俺は自分の手にグローブをはめていく。

依桜はすでにマットの中央にいた。とんとんとその場で跳ねて、フットワークを確認しながら俺の準備完了を待ちわびている。

「オーケー。じゃあ、やるか」

「はい。こちらはいつでもいいですよ」

ゴングの音はない。

しかし双方同時に空気を察して、こぶしを軽くぶつけ合うことで開始の合図とした。

依桜は半身の姿勢で腰を深く落とし、すぅーっと、ひとつ呼吸する。

カンフーの構えだ。俺のほうへ向けた左手が、クイクイ、と挑発的な逆手の手招き。

映画でよく見るしぐさに思わず感心してしまう。

すげえ、初めて生(なま)で見た。

「こっちから行っていいって？　それはずいぶんとナメられたもん、だ、なっ！」

床を擦るような足さばきで、最短距離を最短時間で詰めて――寸經(ワンインチパンチ)。

腰のひねりと肩甲骨(けんこうこつ)の回転だけで生じた圧倒的な力が、腕を通ってこぶしに伝い、最速の打撃に重さまでもを付与した。

多少、腕に覚えのある程度のチンピラなら一撃で沈められる打撃。自己評価が高いから自分のこぶしをそう表現しているわけじゃない。過去の事実、実績があるからこそ、そう言いきれるだけだ。……が、しかし。

「ふッ……はッ！」

「なっ……マジかよっ⁉」

依桜は打撃を左手の甲で受け流し、体が開いた俺のふところに瞬時に潜り込んできた。

白く美しい手のひらを静かに俺の丹田に添えて――発勁(はっけい)。

振り子の鉄球を腹部にぶちこまれたかのような衝撃、足がもつれ、一歩二歩と後ずさる。

吹き飛ばされずに足を床につけたままでいられた自分を褒めたい。地面に根づいた植物じみたしぶとさは、下半身と体幹を鍛えてきた成果だろう。やっぱり筋トレ大事。しててよかった。超大事。

「直前に力を逃がしましたか。なるほど、すばらしい技術です」

「繚蘭はいつから格闘家を育てる学校になったんだ？」

「私のこれは芸の一部ですので」

「そうか、よっ！」

「……！　鋭い打撃ですね。さばくのもひと苦労、ですっ」

　パシッ、パシッ、と乾いた音を立ててこぶしとこぶしを打ち合わせる俺と依桜。

　手に汗にぎるスパーリングはそれからしばらく無言で続いたが、それ自体は詩歌の物語にすこしも関係ないのでここらへんで省略しておく。これはあくまでも裏方の仕事の一環であり、大事なのはここからの会話なのだ。

「期末考査。例年、鍵になるのは――」

　こぶしを打ち出しながら、依桜は言った。

「ファッション学科の有力者を味方につけられるかどうか、です」

「ファッション学科？」

　思わず芸もなくおうむ返しをしてしまう。

　これまでの学校生活でまったく接点がなかった学科だからだ。いちおう選択科目で同じ授業を取っているファッション学科の生徒もいるが、同じ学年の中でもひときわキラキラした雰囲気の生徒が多いせいで正直絡む気にもならなかった。

「舞台演劇、映画、音楽ライブ、ダンスイベント……リアルイベントは世に数多ありますが、いずれにおいても〝衣装〟はとても大事な役割を果たしています」

「見栄えの良さが大事、ってことか」

「ええ。もちろん衣装の善し悪しに加えて、デザイナーの知名度や衣装を着る側との相性も大きく評価に影響します」

「ファッション学科の生徒と組む理由は？　たとえば金で一流デザイナーを雇って、衣装を作ってもらえたら、そのほうが強いだろ」

「一流のお方が、未熟な生徒のオファーを受けるとお思いですか？」

「金を積めばどうにか……って、うお⁉」

とつぜん鋭い突きが飛んできた。仰け反りながらこぶしを受け止める。

息遣いさえ感じる至近距離で、依桜が真顔で言う。

「衣装はそれを着る者の〝格〟次第で美しくも醜くもなります。いくらお金を積んだところで、そのギャップは埋まらない……。一流の衣装に着られてしまった未熟者ほど痛々しい道化はいませんよ」

「……たしかに、成功者のフリしてブランド物で身を固めてるやつって、ちょっときついもんな」

「そういうことです。さすが、理解が早いですね」

「羞恥心のアンテナが高いだけだよ」

依桜の言うことはすぐに腑に落ちた。

馬子にも衣装なんて言葉があるが、着飾っただけでごまかせる範囲には限度がある。良いものを着ているかどうかでなく、本人に合ったものを着ているかどうかが大事なんだろう。

おそらく一流の人間は忙しく、残された人生の自由時間の価値も高く、貴重だ。多少のお金を積まれたぐらいでは動かず、己の人生の何分の一かを捧げるにふさわしいと認めた相手にだけオートクチュールを授ける。そういうものなんだと思う。

「でも、そういう意味じゃファッション学科の実力者……たとえば1年生の原宿亜寿沙に依頼するのも同じじゃないか？　結局は一流の相手にお願いすることになるわけで」

「もちろんそうですね。ですが彼女らもまた期末考査を課された生徒という立場ですから。生徒の中で最大限、とっておきを提供するに足るタレントを探すことでしょう。……彼女もきっと、プロとして、組んだ生徒にピッタリ合った、魅力を最大化する衣装を仕立ててくれるはずです」

「そのレベルの人間を口説く方法は？　チャンネル登録者数や再生数で殴るのか？」

「まさか。泡沫の数字の虚しさを知るのもまた、彼女らファッションデザイナーですよ。SNSでいくらイイネ感覚のフォロワーを集めたところで本場欧州の場では認められない。実力と、一流の場で評価される〝顔〟──作品が必要ですから」

くすりと笑い、依桜は右足を鋭く振りあげた。ハイキック。

俺が顔の横でガードし受け止めると、依桜はピタリと足を浮かせたまま、滔々と語った。

「タレントは己の〝顔〟を引き立てるために衣装という〝演出〟を必要とします」

「ああ、そうだな」

「ファッションデザイナーは、真逆。己の〝顔〟である衣装を引き立てるためにタレントという〝演出〟を必要とするのです」

「詩歌たちこそが、彼女──原宿亜寿沙が欲してる人材だとアピールできれば、向こうも組みたいと思ってくれるってことか」

「はい。まあ、まずは何はともあれ……ハッ！」

ふたたび依桜の打撃が俺の顔面にたたきこまれようとした。

「──アタックあるのみ、かと」

「──なるほど、勉強になるよ」

ピタリ、と顔の横、数センチのところで依桜のこぶしが停止していた。

そして、俺のこぶしもまた、彼女の顔面を捉える直前で停止している。

クロスカウンター未遂。依桜がふっと微笑み、俺もまた釣られるように笑っていた。

「やっぱり学校のことは先輩に頼るのがいちばんだ。サンキュ、依桜」

「こちらこそ、素敵な訓練を積めました。ありがとうございます、楽斗さん」

互いに礼を言い合って、すっとこぶしを引っ込めた。

俺も依桜も汗をかき、呼吸が乱れていた。

時計を見ると、もうだいぶ時間が経っていた。けっこうな時間、しゃべりながら動いていたわりにスタミナ切れのつらさをあまり感じていない自分に気づく。むしろ、妙に清々しい気分だった。

タオルで汗を拭って部屋を出て行こうとした俺を依桜が呼び止めた。

「楽斗さん」

「また私の稽古に付き合ってくださいますか？」

「どうだろうなぁ」

曖昧な返事。正直、悪い時間じゃなかったけれど、俺はあくまでも詩歌の付属品として学校に通っている存在だ。今回は情報収集のために独立して動いているけれど、本当なら詩歌のそばでつきっきりでいたい。こういう時間はこれっきりにしたいとも思う。さすがに頻繁にやるのは疲れるし。

すこし考えてから、俺はこう答えた。

「等価交換。あんたからもらえるものがありそうだったら、またやろう」

*

依桜との手合わせを終えたあと、さて《渋谷軍団》の仲間たちはどうしているのかなと思い、ダンスレッスンスタジオへ向かった。

ドアを開けると真っ先に目に入ったのは、死屍累々。床にぐでーっと倒れてピクリとも動かない詩歌と、バテバテ状態の秋葉、狛江の姿だった。渋谷だけはまだマシな雰囲気だが、それでも汗だくでかなり息を切らしている。

「おう、がんばってたみたいだな」

「あっ、ガッくん！　おっつー！」

俺に気づいた大塚がテンション高く、パタパタと駆け寄ってきた。

さすがというかなんというか、大塚はこれっぽっちも疲労を感じさせない。通常営業の

元気な様子だった。

「はあ、はあ……この女、ヤバすぎ。体力オバケなんだけど……っ」

秋葉が出血多量で絶命間近のようなかすれた声で言う。

「オバケだぞー、がおーっ」

「ふざける余裕まであるとか、マジですごいわ……アタシもさすがにきっついわ、もう」

「エリぽんも元気そうじゃん！　もう1セット行っとく？」

「無理だっての！」

「あはは、ジョーダン、ジョーダン♪　次の団体さんの予約時間になっちゃうしさっさと撤収、撤収！」

「うう～……ぐったり」

「シーちゃんも起きて起きて！　ほらほら！」

「うにゅ……」

気の抜けた声を漏らし、詩歌がゆっくりと立ち上がる。

足元がふらついている。危なっかしい姿を見ていられず、俺はあわてて妹の体を支えに行った。

「お疲れ。頑張ったみたいだな」

「ん。褒めて」

「えらい、えらい」

「……んふ」

撫でられた詩歌は、満足そうに目を細めた。だいぶリラックスしたようだけど、まだ足がガクガクとふるえていて、とても歩き出せそうには見えない。

さてどうしたもんかなと思っていると、入口のほうで人の話し声と物音が聞こえた。

どうやら次に予約していた団体とやらが到着してしまったらしい。

「ねえ遥香。やっぱり期末考査の曲は、ミュージシャン学科の子からもらったほうが良くない？」

「却下。だってあいつらウチらのソウル、わかってないじゃん。魂ふるえるビートを刻んで、観客をブチ上げる。——それができるやつにしか、頼れないっしょ」

「うーん、それはそうなんだけど……」

そんな会話をしながらレッスンスタジオに入ってきたのは、３人組の女子生徒だった。

先頭にいるのは、大塚と同じくらいの背丈の赤毛のギャル。その隣にいるのは、ポニーテールの女子とショートボブの女子。どちらも引き締まった体つきときれいな顔立ち——まあこの学校の生徒は基本的に顔面偏差値が高いんだが、学校平均より上という意味だ。

特に遥香と呼ばれている真ん中の赤毛ギャルはスタイルがひときわ良く、抜群の存在感を放っている。

その3人が俺たちの存在に気づいて、ハッと足を止める。

「あっ」

大塚が3人組の顔を見て声をあげた。

「ハルっちだーっ！　なーんだ、次に予約してたのハルっちだったんだね！」

そう言って、大塚がフレンドリーに駆け寄っていく。

「竜姫……」

「期末考査、この3人で動画を作るんだねっ。ダンス学科の最上位勢が組むとか激熱ッ。くぅ〜、ボクも負けないからなーっ！」

どうやら3人組はダンス学科の生徒らしい。しかし校内の事情に疎い俺には、もちろんこの3人がどれほど凄いのかもよくわからなかった。

「なあ、秋葉。あいつら、有名なのか？」

こっそりと倒れている秋葉の脇に腰を落とし、小声で訊いた。

呼吸を整えて落ち着いたのか秋葉はすこしだけ体を起こすと、会話しているダンス学科の生徒たちのほうをちらりと見て言う。

「真ん中のオーラあるやつは護国寺遥香だな。ダンス学科ナンバー２。大塚竜姫の親友、兼、ライバルってところだ。他のやつらも上位ひと桁に入る実力者。知ってる奴が見たら絶対に写真撮りまくるレベルのすんげえ絵面だぜ、これ」

「護国寺、か。……ん？」

解説されながら彼女たちのほうを見ていると、ふと違和感を覚えた。

大塚は大きな身振り手振りで積極的に話しかけているが、護国寺遥香のほうはすこしも表情を変えていない。

塩対応、とでも言うのだろうか。見るからに無愛想な態度を取っているように思えた。

護国寺の隣にいる女子たちも、やや気まずそうに護国寺と大塚の顔を交互にうかがっている。

レッスンスタジオに反響する大塚の元気な声に、どこか空虚ささえ感じてしまう。

「竜姫さ、空気読みなよ。ウチらこれから練習なのわかるっしょ」

「あっ……う、うん。ごめんごめん！　久しぶりにハルっちとしゃべれて楽しかったからさ！　あはは……」

「時間の無駄だから、さっさと撤収して」

「う、うん。みんなー！　ほらほら、予約時間過ぎてるから次の人が激おこだよーっ！」

テンションが引っ込んだのは一瞬だけ。すぐにいつもの陽気な調子に戻って、こっちに戻ってくる大塚。

だが、さっきまでのナチュラルな笑顔と違ってどこか空元気のように見えて、ちょっとだけ痛々しく感じてしまう。

「ん……兄？」

「見なくていい」

俺は詩歌の目を片手でふさいでいた。

学校という閉鎖空間でときおり生じるギスギスした空気。それは、共感覚を持つ詩歌の精神を蝕み続けてきた数多の毒のひとつだ。

「ほらおまえらも、さっさと帰るぞー」

「お、おう」

「う、うん。わかった」

「……ま、それが良さそうだね」

秋葉、渋谷、狛江も空気の悪さを察して、いそいそと撤退準備を始めた。

さっきまでのだらけた様子は何だったのかというくらいの素直さだ。

俺たちが荷物をまとめてレッスンスタジオを出ようとしたとき――。

「竜姫」

護国寺が大塚の背中に声をかけてきた。

「そいつらミュージシャン学科の生徒か？　おまえが最近つるんでるっていう」

「そだよ。すっごい子たち！」

護国寺の声がとげを含んでいるにもかかわらず、大塚は明るく答えた。

チッ、と、護国寺が音を立てて舌打ちする。

「日和りやがって。どこまでヒップホップを汚したら気が済むんだよ」

「…………。そ、それじゃボクたちもう行くねっ！　バイバーイ！」

敵意にまみれた声が聞こえなかったわけじゃないだろう。しかし大塚は聞こえなかったかのように護国寺の言葉そのものには何の返事もせず、陽気に手を振って、俺たちの背中を押しながらスタジオの外に出た。

廊下に出てしばらく歩き、あの３人組の気配を感じなくなった頃合いを見て大塚が苦笑気味に言う。

「なんか空気悪くてごめんねーっ！　ダンス学科もいろいろあってさ〜。あはは」

「まあ、なんだ。おまえも大変なんだな、いろいろ」

「そうそう。大変なんだよ。わっはっは」

俺が同情を示すと大塚もふざけたように笑ってみせた。

秋葉があきれたように息を吐く。

「なに他人事っぽい反応してんだよ、楽斗」

「いや、だって関係ないだろ。大塚以外のダンス学科のやつとか、どうせ絡まないし」

「チチチ。ところがまったく無関係ってわけでもないんだぜ」

秋葉が意味深な笑みを浮かべる。

「もったいぶってねーで、はよ教えろ」

「千石ライアンのカノジョなんだよ、アイツ。護国寺遥香」

「……ッ」

大塚が息を呑んだ。微妙な表情で目を逸らす。

いつもの笑顔をいちばん手前に置きながら、何か胸のうちに秘めている雰囲気だった。

だが裏で何を考えているのかは正直読みにくい。

無表情の正反対。ずっと笑っているからこその読みにくさだ。

ひとまず大塚のほうは放っておいて、俺は気になることを秋葉につっこむことにした。

「その情報、関係なくね？」

「千石ライアンはうちらの倒すべき敵だろ。大いに関係アリだぜ」

「いや、そりゃそうなんだが。人間関係はどうでもいいだろ。べつにあの護国寺が、直接敵対するわけでもなし」

「バッッッカ、おまえ素人かよ。ＳＮＳオンチかよ。自称マネージャー失格かよクズ」

「言いすぎ！　どさくさまぎれにボロクソ言ってんじゃねーぞ、ワナビ女！」

「ふだんの仕返しぐらいさせろよ、ばーかばーか！」

　ここぞとばかりに罵って、秋葉は続けた。

「千石と護国寺が付き合ってるのは、けっこう有名な話なんだぜ。ってことは、どちらの動画もレベルが高かったら互いのファンが互いにイイネをつけに行く流れになるのが自然だろ」

「む……たしかに」

「だろ？　無関係じゃねーんだよ」

「とはいえ、それを知ったところで護国寺に対してできることなんてないしなぁ」

　千石ライアンに勝つための方法を積み上げれば、自然と護国寺にも勝てる。人間関係に必要以上に踏み入らずに済むなら、その流れが理想的だ。

「あ、あのさっ！」

　大塚が会話に割って入った。

「ボク、ちょっと用事思い出しちゃった！　先に帰るねっ！」

「ああ、また明日な」

たたたーっと、勢いよく走り去っていく大塚。俺たちは、彼女の小さくなっていく背中を見送った。

声の高さも表情も、いつもとすこしも変わらなかったけれど。タイミングだけを考えると、やはり護国寺と千石の話題をこれ以上聞きたくなかったんじゃないかと勘ぐってしまう。

「タッ……」

詩歌も大塚の背中をじっと見つめながら、彼女の名前をつぶやいていた。

詩歌の目がどんな〝色〟を視ているのか、いま何を考えているのか。

凡人である俺には推察すらできないけれど。

ただ大塚のいまの様子は、詩歌にとっても何か感じるものがあるらしいことは確かで。

不穏な予感を覚えながらも何もナイスな手を打てないでいるコミュニケーション弱者の自分が、いまだけはもどかしく、情けなかった。

まあいいさ。

いろいろと気になることはあるけれど俺は俺のやるべきことをやるだけだ。

第3話　原宿亜寿沙という女

翌日になった。

ここでとつぜんどうでもいい話題を挟むのだが、最近のマイブームは職人ごっこである。

職人の朝は早い……的なやつ。

ごっこと言ってもべつにやることは特にない。ただ脳内で番組のＢＧＭを流しながら、自分は一流のマネージャーであると自己暗示をかけつつ優雅な朝の支度をするだけだ。

本性が怠惰な俺はそんなふうに自分をごまかしてやらないと、どうにも早朝から動く気になれなくて……ぐうたらな自分にエンジンをかけるための工夫ってやつである。

と、そんなこんなで。

今日も今日とて脳内で一流にふさわしいＢＧＭをかけながら、詩歌と秋葉を鬼の朝練でしごいてから学校へ向かう。

移動中の電車の中で、俺はファッション学科1年首席、原宿亜寿沙について知るために一八ライブで彼女の配信アーカイブを確認した。もちろんこのときも自己暗示は健在だ。都心のノマドワーカーのようなエリートサラリーマン然とした面持ちで、優雅にスマホをいじっている。

エリートらしくキリッと引き締まった顔が——時が止まったように、凍りついた。

「兄、どしたの？」

「不細工な劇画みたいな顔してるぜ」

俺の異変に気づいて首をかしげる詩歌と秋葉。詩歌、さすが俺の妹、優しくて可愛い。

秋葉、おまえは二度とナメた口利くんじゃねえぞチクショウ。

「いや、じつはな。作戦のために、原宿亜寿沙の配信を見ててさ……」

まるで真夏の怪談話をするかのように声をひそめた。

そう、俺は恐ろしいものを見てしまったんだ。俺のスマホの画面では、リアルタイムで

その恐怖映像が進行しているのである——……。

＊

『こんにちは～。今日は都内の専門店で香水の調合を体験してきました～。見てください、

これ。かわいい小瓶でしょぉ？　この中にわたしが自分の手で合わせた香りが詰まってるんですよ～。不思議ですね～』

原宿亜寿沙が細長い指でつまんだ小瓶をカメラの焦点に合うようにレンズに近づけた。

柔和な印象を抱かせるおっとりした口調と、ふんわりとボリュームを持たせた髪。化粧は濃すぎず薄すぎず、自然な塩梅(あんばい)で。服はひと目で高級とわかる上品なものに身を包んでいる。

本当に女子高生か？　と疑いたくなるほどの大人の色香を振りまく、フェミニンな女子だった。

これで詩歌と同じ1年生なのだから恐れ入る。

THE充実している成金(なりきん)系お姉様――悪く言えば港区女子っぽい雰囲気。

天才だとか凡人だとか以前に、住む世界も扱う言語も違う異邦人のように思えてきて、コラボのオファーへ行かねばならない俺のメンタルはバキボキに折れてしまったのだ。

「こんな女に声かけらんねえよおおおおおおおお‼」

教室に到着するなり俺は《渋谷(しぶや)軍団》全員の前でみっともなく泣きわめいた。

秋葉、渋谷、狛江(こまえ)はしらーっとした眼差(まなざ)しで俺を見ている。

うう、仲間の視線が痛い。

ファッション学科の原宿亜寿沙とのコラボが期末考査突破の鍵になる、という作戦は、すでに仲間たちにはメッセで伝えてあった。変に勘繰られるのも面倒だったので、情報源が神田依桜(かんだいお)である事実は伏せておいた。

しかし自分の発案かのようにドヤ顔で作戦を披露したのが裏目に出た。ここにきて何を日和(ひよ)ってるんだコイツは、という仲間たちの白けた本音が透けて見える。

だが！　だとしても！　こればっかりは仕方ない！

「この手の女コワい！　ぜったい心ン中で『うわ、変な童貞に声かけられた、キモ。でもお金になるなら相手してやるかぁ』って思われるやつじゃん！」

「偏見持ちすぎ。モテないのはそういうトコだぞ、楽斗(がくと)」

「秋葉ぁ……俺と一緒にファッション学科に突撃してくれぇ。ひとりじゃ心細いよぉ～」

「情けない声出してんじゃねえよ、だっせぇなぁ」

「俺が情けないって言うなら、おまえは余裕なんだろ？　だったら協力してくれてもいいだろうがよぉ！」

「やだよ！　なんで完全アウェイの空間に行かなきゃなんねーんだよ！」

「ほらおまえっ、それっ、俺と同じ発想じゃんか！　よく俺のこと言えたな！」

「うっせえよ！　今回はうちもダンスの練習で汗かいてんだよ。裏方は基本おまえの仕事だろうが！」

「正論ばっか言いやがって！　おまえには人の心がねえのか！」

「人間クサイことしか言ってねーよ！」

「たしかに！」

不毛な言い争いを続ける俺と秋葉。

俺は淡い期待をこめた目で詩歌のほうを見た。

「ちなみに詩歌が一緒に来てくれる可能性は……」

「ない。キラキラ空間は、苦手」

「ですよねー。知ってた」

そこは兄妹(きょうだい)である。俺のトラウマスイッチと詩歌のそれは非常に近いところにある。

もっとも、そもそも詩歌に頼る選択肢は最初からなかった。天才の妹が遺憾なく才能を発揮できる環境を整えるのが付属物たる俺の仕事だってのに、その詩歌に頼ってしまってはマネージャー失格だ。

「あのさ」

　どうしたもんかと悩んでいると、渋谷が軽く体の前で手をあげた。

「アタシが一緒に行こうか？」

「……マ？」

　マジで？　の省略語が自然と口から出てきた。

　渋谷は「マ」と軽くひと言で肯定してみせると、丁寧に手入れしているのがわかる髪を指にからめながら言う。

「てかファッション学科の教室、いちど行ってみたかったんだよねー。この学校の中でもかなり特殊な教室って聞いたことあるからさ。もしかしたら最新のお洒落のトレンドとか知れるかもだし」

「お、おおっ……渋谷！　おまえ最高だなっ！」

　感動のあまり思わず渋谷の手を取った。感謝感激の握手。喜びを表現するように上下にブンブンする。

　渋谷の頬がかすかに赤みを帯びた。

「お、大げさだっての。……て、ていうか、何ナチュラルに手を握ってんのよ」

「そりゃおまえ、窮地を救ってくれたんだぞ。どこかの薄情な友達と違って。いやもう、ホント助かる！」

「手を握った理由が知りたいわけじゃなくて……ああもう、いいわ。説明するのも照れるし」

渋谷は、はあとため息をついて。

「なんなの、コイツ。女子苦手っぽい顔して、こういうトコ距離近いのよね……天然なのかしら」

ぼそりとそうつぶやいた。

渋谷が何を言いたいのかはよくわからないが、ディスられてることだけは理解した。

下民風情(ふぜい)が気安く触れるな的なニュアンスなんだろう。

悲しいが、彼女の言うことにも一理ある。たしかに最近の俺はちょっと馴(な)れ馴れしすぎるかもしれない。

最初は壁を作りまくってなかなか打ち解けないが、いちど仲良くなったら極端に距離感が近くなるのはコミュ症の特性のひとつなので見逃してほしいところだが、キモ男子の一方的な要望に応える義務は渋谷にはないので俺はおとなしく手を離すことにした。

ともあれ渋谷の同行はめちゃくちゃ助かる。

洒落っ気ゼロの俺はファッション学科の教室でかなり浮いてしまうだろうが、渋谷なら溶けこめるにちがいない。

何せミュージシャン学科の中でも最上位のお洒落女子。渋谷が隣を歩いているだけで、自然と俺の格も上がって見えるってもんだ。

逆に金魚のフンの醜さが強調されるんじゃないかって？　気づかないフリをさせてくれ。データだのエビデンスだの昨今はいろいろうるさいが、人間、無根拠に希望を見出すのも大事なんだよ。正しさでは救えない者もいるんだよ。俺とか。

「エリオちゃんが行くなら、オレも行こっかな〜」

狛江も便乗するように名乗り出た。

おお、ミュージシャン学科が誇るお洒落男子まで。心強いの極みだぜ！　――そう思い、是非頼むと言おうと狛江のほうを向いたとき、渋谷がそれを遮った。

「待った。乃輝亜はダメ」

「えっ」

予想外の拒絶に狛江がぽかんとする。

俺も狛江と同じ表情をしていた。同行を断る理由がわからず、どういうことだと渋谷の顔をうかがう。

「ファッション学科は女子が多いんだから。乃輝亜みたいなナンパ男を連れて行けるわけないでしょ」

「ちょ。ひどい言い草だな、エリオちゃん。オレが誰彼かまわず口説くような男に見えるのかい？」

ばっさりと切り捨てる渋谷に、狛江は不満げに反論した。

渋谷がジト目で返す。

「じゃあ連れて行ったとして、女の子に声をかけずにおとなしくしてられる？」

「もちろんさ。オレはいつだって詩歌ちゃんとエリオちゃんひと筋なんだから」

ひと言で矛盾してるぞ。

「女の子のほうからカッコイイ〜、もしかしてコンポーザーのノキアさんですか〜、って声をかけられたらどうする？」

「それはもう放課後お茶でもどう？　メッセ交換する？　今度お家に遊びに行っていい？って応えてあげるのがマナーだね☆」

「はい失格。おとなしく留守番してろ、クソ男」

「ええ⁉」

渋谷の容赦ないジャッジで一刀両断される狛江。

俺としてはどちらでもよかったというか、むしろお洒落人材はひとりでも多くいたほうが心強かったのだが、たしかに渋谷の言うとおり余計なトラブルを引き起こす火種を持ち込むのは得策じゃない。

原宿亜寿沙の心証を損ねようものならコラボの成立も危うくなるわけで。

「よし、決定！　昼休みになったらアタシと楽斗は原宿亜寿沙の教室へ！」

渋谷はそう言って、詩歌にいたずらっぽく笑いかけた。

「お兄ちゃんを借りることになるけど、嫉妬しないでよね」

「場合による。いちゃらぶしすぎたら、ちょっとモヤモヤ」

「しないっての！」

キーン、コーン、カーン、コーン――。

渋谷の大声量のツッコミと張り合うように朝の予鈴が鳴り響く。

ひとまず方針は定まった。

あとは昼休みに向けての準備をするだけだ。原宿亜寿沙を説得する材料を一個でも多く見つけるために、午前の授業中、ガッツリ彼女の配信を見まくらなければ。

リッチでビッチな原宿亜寿沙のキャラに目を慣らすためにも！

……………。

慣れる気がしねえ。

＊

昼休みになった。

あらかじめ購買で買っておいたパンを急いで食べると、俺と渋谷は教室を出た。

ミュージシャン学科の教室が集まる廊下を進んでいき、ファッション学科の教室が並ぶ区画に入る。

廊下の時点で、そこはすでに異世界じみていた。

まず、生徒たちの服装がちがう。

改造制服、と呼ぶのも憚られるほどにアレンジされてもはやただの私服と化した制服。斬新な色の組み合わせ、前衛的すぎて理解不能なデザイン。他の学科の生徒にもお洒落な人は多いのが繚蘭高校の特徴だが、ここにいる生徒のお洒落は次元がちがった。他の学科の生徒のファッションはまだ凡人の俺にも理解可能なものが多く、いま周りを歩いているやつらのそれは善し悪しすらいまいちわからない。

まるで日常の中のパリコレ。ただの廊下がレッドカーペットのようにさえ見えた。

異様な雰囲気に気圧されながら原宿亜寿沙の教室へ向かう。

　教室の中も廊下同様、前評判通りにユニークだった。

　最新のブランドを着せられたマネキン、壁にはプリントや書き初めなんて無粋なものは何ひとつ貼られておらず、シンプルかつセンスある白と黒の棚があって、そこには香水や小物のたぐいがいくつも置かれている。

　教室中央。ほぼド真ん中。ひときわ大勢の生徒が集まっている場所があった。

　ファッション学科1年生の頂点――原宿亜寿沙と、その取り巻きだ。

「AZU様ぁ～昨日の配信見ましたよぉ。来月、フランスのイベントに参加されるんですよね」

「招待制だっけ。高校生なのに、すごいよねぇ」

「期末はただの通過点って感じ？　超高校級だもんね～」

　女子生徒たちが口々に原宿亜寿沙を讃えている。

　山びこのような賞賛の声を浴び続けながら、当の原宿は困ったように微笑んでいた。

「も～、あまり持ちあげないで？　照れて顔が赤くなってしまうわ～」

　ただの比喩表現でもなさそうだった。頬に手を当ててはにかむ彼女の顔は、ほんのりと赤く染まっている。

　もう暑い季節にもかかわらず長袖とロングスカートという出で立ちなので、単に熱中症気味なのではと思わなくもないが……とにかく顔が火照っているのはたしかだった。

口調と服装、亜麻色の長い髪が合わさって、余裕たっぷりの大人のお姉さんの雰囲気を醸しているが、かんたんに赤面してしまう様は幼い子どもみたいでもあって妙なギャップを生じさせている。

天然なのか計算なのか。むしろ計算であってくれと思う。天然でこのようなあどけなさを演出できるとなったらもう二度と女性を信用できそうになかった。……もともと、男女にかかわらず大して他人を信用してないけれど。

「それに私、期末考査を侮ってなんかないわよ～。この学校のライバルたちは、片手間で相手できるような人はいないし――」

露出の少ない服でもはっきりとボディラインが浮かぶほどのふくよかな胸に、そっと己の手を当てて彼女は言う。

「作品ひとつひとつが私の大切な子どもだもの。期末に向けた作品も、イベント用の作品も。等しく愛情を注ぐつもりよ～」

「おおっ……聖女！」

「魔女のように妖艶で、聖女のように清らかかな。〝魔性の二面性〟の本領発揮！」

「だからそういうのやめてってば～。も～、恥ずかしい……」

盛りあがる取り巻きの女子たちに、原宿はますます顔を真っ赤にしてうつむいてしまう。

……何か思ってたキャラと違うな、原宿亜寿沙。

配信を見ただけだといけすかない港区女子系かと思ってたんだが、生で見た彼女の印象は真逆だった。

むしろ、たしかな実力を認められながら天狗にならないあたり――。

「渋谷よりも聖人かもしれん」

「あ？　ディスるならもっと大声で言いなさいよ。ボソボソしゃべってないでさぁ！」

「ばっ、声でけえっての！」

「はー⁉　誰の声がデカいって⁉　誰の声がジャイアンみたいだって⁉」

「言ってねえし！」

てかそれよく狛江とも言い争うときに言ってるけど、口癖なのか？

と、大声でくだらない口論をしていると、教室内の生徒たちがこちらに気づいたようで
いつの間にかいくつもの視線が集まっていた。

お洒落な女子複数の目に晒されて、ドックン、ドックン、と心拍数があがってきた。

ひさしぶりにコミュ症してる実感がある。入学してから詩歌の面倒を見るほうに意識を割くことが多くて失念しがちだが、詩歌よりはマシってぐらいで俺もしっかり対人スキル

壊滅野郎である。

「ど、どうすんだよ渋谷。おまえの声が大きいから見つかっちまっただろ！」

「アタシのせいにすんなし！　……てか原宿亜寿沙に用があるんだし、見つかるもクソもないでしょーが」

「正論パンチ鋭すぎる……もうちょい感情に寄り添ってくれないか？」

「うっさい。ほら、さっさと依頼しようよ。あっちも困ってるじゃん」

渋谷が教室内に一瞥をくれる。

原宿も他の生徒と同じように、不思議な来客に目をしばたたかせていた。

「原宿さん、ちょっといい？」

「え？　ええ。私に何か用かしら〜？」

生徒の波を堂々と掻き分けて原宿の前に立つ渋谷。

その後ろからこっそりついていく情けない男、俺。

珍妙なふたり組を前に原宿は一瞬だけ怪訝な表情を浮かべたものの、すぐにさっきまでの柔和な笑みを取り戻していた。

「アタシら、ミュージシャン学科の生徒なんだけど——」

「渋谷エリオちゃん……よね〜？」

「えっ、知ってるの？　アタシのこと」

「もちろんよ。他学科の要注目生徒だもの。そちらの男性は存じ上げませんが……ごめんなさい。知識不足でお恥ずかしいかぎりだわ～」

「……あ、俺のことはおかまいなく。もともと学校にいること自体イレギュラーなんで、裏方の黒子ってことで忘れてください」

「？　よくわからないけれど、ミュージシャン学科の最上位層が私に用事となると……。もしかして、期末考査のことかしら～？」

「話が早くて助かるわ。単刀直入に、アタシらと組まない？」

　交渉のコの字もない、火の玉ストレート。

　臆することなく一瞬で相手のふところに切り込む渋谷の、インファイターじみた交渉術は今回も健在だ。

　裏方は俺ひとり、マネージャーとしてうまいこと話をまとめてくる予定だったが、また他人の力におんぶされてしまったようだ。もちろん悔しさなんて感じるわけがない。渋谷がスムーズに話をまとめてくれるぶんには俺の負担がなくてマジサイコー。やっぱり人生、ラクできるところはラクしないとね。

「アタシらは狛江乃輝亜、池袋詩歌、秋葉原麻奈とチームを組んでるの。こっちの楽斗は詩歌のお兄さんで、天王洲さんの特別スカウト枠。本人はタレントの才能はないし、年上なんだけど、ワケあって詩歌のマネージャーとして1年生の教室に通ってる」

「スカウト枠……！　あの天王洲さんの……噂に聞いてたけれど、そう、この人が……」

原宿の目が大きく見開かれた。驚きと尊敬を含んだ眼差しが注がれて、俺は肩身が狭くなる。

取り巻きの女子生徒たちから黄色い声があがった。きゃー、この男子が噂の⁉　天王洲さんがスカウトとか滅多にないよね！　と好奇まじりの目を向けながら騒いでいる。

「あ、いや、あくまでスカウトされたのは妹で」

「もちろんそうなのだけど、何の才能もないのに特例で学校に通わせるなんて、よっぽどだと思うわ～。それほど池袋詩歌ちゃんの才能がとんでもないか、あるいはあなたにも、何か感じるところがあったんじゃないかしら～」

「は、はあ……」

そんなふうに言われてしまうと俺としては適当な相槌を打つしかないのだ。何せ、増長するにも根拠がないし、ただ適当なヨイショを受けてもべつに気持ち良くはなれない。

「ま、そーゆーおもしろチームなんだけどさ」

場の空気を味方につけて、渋谷はたたみかけるように交渉を続けた。

「期末考査用のダンス動画。その衣装デザインと制作を、アンタにお願いしたいのよ」

ざわ……と、周囲がざわめいた。

原宿亜寿沙と渋谷エリオ。それぞれの学科を象徴し、頂点に君臨する天才たちがタッグを組むとなれば、それはあまりにも大きすぎるニュースだ。

「なるほど、そういうことね〜」

原宿は頬に手を当てたまま納得したようにそう言った。

しかしすぐに彼女の眉尻がわずかに下がる。

「でも、困ったわ〜。とても魅力的な提案なのだけど、一個だけ問題があるのよ〜」

「問題？」

「千石(せんごく)ライアン、という生徒は知ってるかしら〜？」

「え、ええ、もちろん。……って、もしかして……!?」

「そう。彼らにも衣装の依頼を相談されているのよ〜」

おいおい、マジかよ。

千石陣営も同じ発想で原宿に声かけてたのかよ。しかも俺たちよりも早くって……本格的に役立たずじゃねえか、俺。

「まだ直接顔を合わせて話はしていないのだけど、彼、ファッション学科の女子とも交友関係があるみたいで。友達づてに話を通してきたのよね～」

「チクショウ、人間関係か！」

この世の理不尽だった。

大勢の女子と仲良くできるイケてる系男子だからこそのアドバンテージとは卑怯なり。

……泣いてなんかないぞ。くそう。

「というか、今日。まさにこの昼休みに、彼らが交渉に来る予定で――」

原宿が思い出したようにそう言った瞬間。

「よぉ、アンタが原宿亜寿沙だよな？」

野太くて強い声が、女子密度の高い教室をオス臭く塗りつぶした。

そこにいたのは、筋骨隆々な大柄の男だった。身長はゆうに180センチを超えているだろう。筋肉質な体つきのせいでさらに大きく見える。やたらと生地にツヤのある、漆黒のジャケットを羽織り、服の上からでもはち切れんばかりの胸板がうかがえた。

髪は短く刈り上げていて、精力的な雰囲気を放っている。目鼻立ちははっきりしていて、意志の強さを感じさせる凛々しい顔つきだ。

「千石ライアン……！」

渋谷がその男の名前をつぶやいた。

動画や配信を見たことがあったが、本物の千石はスマホ画面を通して見るよりも何倍もデカく見えた。

「あン？　この教室に似合わねえだっせぇ野郎が交ざってると思ったら、ミュージシャン学科の連中じゃねえか。ンだよ原宿、声かけたのはオレらが先だろ？」

「たまたまタイミングがかぶっただけよ～。それにまだ、衣装提供するとは決まってないわ～」

「ハッ、そうかよ。じゃあコイツらには帰ってもらうんだな。――雑魚と組んだらおまえの格も落ちるってモンだからよ」

あ、やばい。

千石の威圧的なセリフを聞いた瞬間、嫌な予感がしてそろりと隣に目をやった。

「………………」

予想通り、渋谷が無言でぶちぎれていた。

「お、おい。やめろよ？　喧嘩腰はさすがに自重――」

「誰が雑魚だって⁉　ふっっっざけんじゃないわよ、ヤンキー気取りがッ‼」

――遅かったあああああああああ！

俺の制止は一秒間に合わず、渋谷は歌姫ならではの恐竜じみた声量で怒鳴っていた。

頭ふたつ分は背丈の高い千石に怯(ひる)むことなく、真正面から突っかかっていく。

「ぎゃーぎゃーうるせえ女だな。本当のことを言っただけだろ」

「ナメんな。アンタ、アタシらの数字に勝てないでしょ。ミュージシャン学科のトップに向かって、よくもまあ恥知らずにイキれるわね。わきまえなさいよ！」

「数字だぁ？　恥はどっちだよ、渋谷エリオ。ただの数字に振り回されて恥ずかしくねえのか？　それでもアーティストかよ」

「ぐ……っ」

渋谷が言葉に詰まる。

その反応を見て千石はニヤリと笑った。

「クソみてえな数字至上主義の学校に染まりきってやがるぜ、情けねえ。アーティストは自分(テメエ)を表現するモンだろうがよ。自分(テメエ)と、自分(テメエ)の仲間の魂を奮い立たせるもんだろうが。数字？　需要？　知らねえよ。芸術を理解できるやつだけが来りゃあいい。――なあ原宿。おまえもそう思うだろ？」

「ええ、そうね～。考査を乗り切るには数字も必要なのはたしかだけれど……本当に必要なことは、忘れたらいけないわ～」

まずい、と思った。

千石と原宿の思想がシンクロしている。

話題の中心から若干逸(そ)れて会話の外側から見ているから、渋谷の劣勢が客観的に見えてしまう。

このままだと原宿は千石に対して好意を持ってしまいかねなかった。

野性的な不良じみた〝顔〟をしておきながらアートのこだわりを語るとは、なかなかにギャップのある真似(まね)をしてくれる。

渋谷に任せれば楽勝だと思っていたが、いまのヒートアップしている彼女に場を仕切らせるのは得策じゃない気がした。

「あーっと、原宿サン？　つまりひとりのデザイナーとして、より価値あるほうに衣装を提供したいってことでいいのかな」

会話に初めてまともに交ざってきた異分子にもかかわらず、原宿はごく自然な目で俺のほうを見て微笑(ほほえ)んだ。

「ミュージシャン学科の誰に加担したいかなんて、特にないもの。私は私で、自分の利益になりそうな人――私の作品を引き立ててくれる人と組みたいわ～」

「それは、この場の表面的な人間性だけで判断するようなことじゃない。……と思うんだけど、どうかな？」

「ええ、そうね。作品や配信の内容、実際にどんなダンスを投稿するのか……そういったものから総合的に判断するかしら～」

「判断にはどれくらい時間が必要だ？」

「そうねえ……一週間ぐらいかしら～」

「なら一週間後、渋谷たちと、千石たち――組みたいほうのチームにあらためて声をかけてもらうってことでどうだ？」

「そうね～。それなら私としてもやりやすいわ～」

「――ってワケだ。渋谷、千石」

俺は火花を散らすふたりに向けて言った。

「ここで喧嘩したところで彼女はどちらも選ばない。この場は引き下がって、おとなしく彼女の返事を待とうぜ」

「楽斗……」

「大丈夫。時間は一週間もあるし、こっちには渋谷も詩歌もいるんだぞ。原宿が〝本物〟なら、とうぜん選んでくれるはずだ」

柄にもなく勇気づけるようなセリフを吐いてみせる。本音はただこの場を切り抜けたいだけなのだが、こんな言葉だけで状況が良い方向に転がるなら安いものだ。

闘争本能むき出しの狂犬みたいな顔で千石に詰め寄っていた渋谷は、不服そうではありながらも、牙をひっこめた。

「わかったわよ。……絶対にコイツなんかに負けないわ」

「ハッ。無駄に結論を先延ばしにしやがって。どうせオレらが負けるわけねえのによ」

千石の言葉には端々まで自信が染みわたっている。渋谷から興味を移したかのように俺を一瞥すると、その大きな体を近づけてきた。巨漢の手が強く肩をつかむ。あまりの握力に肩の骨がみしりと鳴った気がした。

千石は浮いた青筋が見えるくらいに顔を近づけてくると、俺にだけ聞こえるくらいの声で、それでいて威圧感たっぷりに言う。

「〝竜舌蘭〟を味方につけて調子づいてるみてえだが、関係ねえ」

「………………」

「アイツには魂がねえ。大衆に媚びた、お行儀のいいあの女のダンスで原宿亜寿沙の脳は濡れねえぞ」

縄張りを主張する獣のようなマウンティング。物理的にも精神的にも、相手を力で屈服させようとする人間の暴力的なコミュニケーション。俺にはとてもできないたぐいのそれは、中学時代の嫌な記憶を呼び起こさせるものだった。

しかし、あのときとはちがう。

積極的にこのコミュニケーションの対象にはなりたくないが、いざ対象にされてしまったとしても問題がないように。そのために俺は体をきたえて、力を手に入れたのだ。

千石の鋭い眼光から目を離すことなく、つばを吐く勢いで（もちろん実際には吐いたりしないが）こう言った。

「息がくせえよ。顔、近づけんな」

「あァ？　んだとテメエ……喧嘩がお望みだってんなら――」

「頭に血がのぼってきたな。そうだよ、おまえみたいなやつはそういうキャラが解釈通りなんだよ。アートだなんだと言っておきながら結局は暴力で済ませようってな。この場所でやろうとしちゃうあたり、最高にロックだよなぁ。なあ、原宿サン？」

「ぐ……！」

千石が弾かれたように顔をあげた。

彼の目に映るのは、表面上おだやかな目で趨勢を見守る原宿亜寿沙の姿だ。

彼女はいまこの瞬間も自分の作品を託すにふさわしいパートナーかを見定めている。

ファッション学科の教室で暴力事件など起こそうものなら、彼女が衣装を提供することは未来永劫ないだろう。

それに気づいたのか、千石は大きく舌打ちすると俺から体を離した。

「テメエの顔、覚えたからな」

「やったぜ。アンチの存在は勲章っていうもんな」

千石の脅迫にも煽り言葉で返してやる。

すると彼は一瞬、呆気にとられたような顔になると——。

「……クソが！」

そう悪態をついて、居丈高な足取りで教室から出て行った。

＊

「ああもう、イライラする！　なんなのアイツ！」

「まだ言ってるのかよ。とりあえず次に繋がったんだからいいだろ」

ミュージシャン学科の教室に戻る途中、廊下を歩きながら渋谷は全力で怒りを爆発させていた。並々ならぬ声量で怒るもんだからさっきから窓がぶるぶる震えている。デシベルで表すとどれくらいの音なんだろう、これ。

そんな怒れる渋谷をなだめながら歩いていき、自分たちの教室に戻ってきた。

「お、主役のお帰りだ」

真っ先に俺たちに気づいたのは狛江だった。

続けて、詩歌と秋葉も顔をあげる。三人はいつもの席のあたりで駄弁っていたらしい。

詩歌はだらりと机にあごを乗せていたし、秋葉は億劫そうにスマホをいじっていた。

俺と渋谷が彼らのすぐそばに座ると、秋葉はスマホを置いて、前のめりに訊いてきた。

「収穫どうだった？　原宿亜寿沙とのコラボ、成立しそうか⁉」

「勝率は五分ってとこかなぁ」

「は？　どゆこと？」

「あー、話すと長くなるんだが……お？　どうした、詩歌」

話し始めようとしたとき、詩歌が立ち上がり、とことこと近づいてきた。

そして俺のふとももの上にちょこんと座る。

「充電」

「お、おう」

「最近、別行動、多い。充電、切れそう」

「わかる！　俺もそろそろメンタルぶっ壊れそうだった！」

完全アウェーなファッション学科の教室に乗り込み、ギスギスしたやりとりをしてきたばかりなのもあって、俺もだいぶやられていた。

詩歌――かわいい妹の体重と温もりは、荒んだ心をめちゃくちゃ癒やしてくれる。

「まったく、ブラコンとシスコンなんだから」

渋谷があきれたように息を吐いた。そう言いながらも悪いようには思ってないらしく、むしろ包容力を感じさせる目をしていた。

「兄妹愛に対抗して、オレたちもコンビ愛を見せつけないか？　充電ってことで……」

「近寄んな、アホ。乃輝亜の席はないっての」

「あだっ⁉　ううっ、蹴らなくてもいいじゃんか……」

狛江がさりげなく渋谷のひざに乗ろうとして蹴り飛ばされていた。

何やってんだ、あいつ。兄妹のコミュニケーションを他人の女子にやったら拒否られるに決まってるだろ、常識的に考えて。

と、そんなくだらない会話はさておき――。

俺はファッション学科の教室での出来事を仲間たちに説明した。

話を聞き終えて、最初に口を開いたのは秋葉だった。

「千石陣営が原宿亜寿沙にオファーって……そんなん成立されたら、うちら勝ち目なくね？」

「ああ。だから死んでもそれだけは阻止しなきゃならない」

「阻止っつっても、判断するのは原宿亜寿沙のほうだろ？　いまから一週間以内にそいつを納得させる動画なんて出せるのかよ」

「出せる、出せない、じゃない。出さなきゃダメなんだよ。クソみたいな根性論だけど」

自分で言ってて反吐が出る。

しかし現実問題、時間がない。原宿が衣装を提供するに足ると思えるものを見せられなければ、彼女は千石陣営のデザイナーになってしまう。そうなったら最後、実力でも話題性でも、絶対に勝てなくなる。

「狛江。ダンスミュージックを一曲、速攻で作ってくれ。大塚にも頭を下げて、振り付けを考えてもらう。それに合わせて詩歌と渋谷が踊る動画を撮るんだ。……時間はないけど、できるか？」

「オレのほうは問題ないよ。急ぎってことなら、一日で仕上げてみせるさ」

「一日⁉　おいおいマジかよ。曲って、そんな早く作れんの⁉」

狛江の自信満々な断言に秋葉が驚き慄いた。

「歌詞のないダンスミュージックでよければ、どうにかかね。作詞が必要ならさすがにもうすこし時間が欲しいけど」

「ほえー……すげえな、おい。〝五線譜の王子様〟は伊達じゃねえんだな……」

同じ作曲者だからこそなのだろう。秋葉はぽかんと口を開けて感心しきりといった様子だった。

秋葉の場合は作らなすぎだけどな、と俺は内心ツッコミを入れておく。最初の一曲すら完成させられてないやつが、速さを評価しても説得力がなさすぎる。

ぶるり、と俺のものもの上で詩歌がふるえた。

「一週間……」

「自信ないか？」

「……。がんばらないと、負ける？」

「たぶんな」

「……むう」

俺の位置からだと詩歌のつむじしか見えなくて、どんな顔をしているのかもわからない。

何を考えているのかも、わからない。

詩歌の見えている世界と、俺の見ている世界はちがうから。

だから俺は変に類推することなく、彼女が次に口を開く瞬間をただ待っていた。

「正直、逃げたい」

「運動が苦手だから？」

「うん」

「でも、踊るのは、たのしそう」

「そっか」

「踊れるようになれたら、たのしい。わかってるのに、そこまでが遠くて、逃げたい」

「なるほどな」

わかる気がした。

歌やダンスのことは俺にはわからないが、他の話に置き換えてみれば理解できる。

たとえば海外旅行。

映像で見るきれいな景色や楽しんでいる観光客を見ると、行ったら絶対おもしろいんだろうなぁと思うけれど、いざ実際に行けと言われたら、パスポートやら英会話やら準備がいろいろ必要そうでめんどくさくなってしまう。

結果の楽しさが見えていても、過程のしんどさで逃げたくなる。

「じゃあ、逃げるか？」

「…………」

沈黙。

俺にも導きたい結論はある。

だけどその本音をぐっとこらえて、けっして詩歌の意思をコントロールしようとせず、
彼女が自ら言葉にするのを待った。

自分自信との対話にたっぷりと時間をかけて、詩歌は、やがてゆっくりと口を開いた。

「……がんばる」

「そっか。じゃあ、がんばろうな」

「ん」

言えたな、という気持ちを言外にこめて、詩歌の頭を撫(な)でた。

「へー」

それを見ていた渋谷が感心したような顔で見てくる。

気のせいだろうか、その目はニヤニヤしている。

「いいお兄ちゃんなトコあるよね、楽斗ってさ」

「バレた？　いやぁ、能ある鷹(たか)は爪を隠したいんだけどなぁ。あふれ出る良い兄(いいあに)オーラは
隠しきれないかぁ」

「あはは。ま、そーゆーことにしといてあげるよ」

上機嫌に笑ってみせる渋谷。

どうしてかはわからないが、何故(なぜ)か彼女の好感度が上がってしまったようだ。

ふだんは妹に優しくしてるとシスコンだなんだといじってくるくせに。

女心ってやつはよくわからないものだ。

……もっとも、女にかぎらず、他人の心ってやつが全体的によくわかんねーけど。

*

数日後の、土曜日。

特殊な制度を多数取り入れ何かと浮世離れした私立繚蘭高校も、土日が休日という一点においては普通科高校と同じだった。全国一律の休日。日本の労働者が獲得した尊い権利に絶大な感謝をしたい。

……が、そんな誰もが家に引きこもる日に俺と詩歌は、昼前から家を出た。

ヒキコモリ兄妹、異常事態。

もし名の知れたアーティストなら、俺たちの動向はそんな見出しとともにスクープされていたかもしれない。

……いや、それはないか。べつに悪いことしてるわけじゃないしな。

ともあれ、俺と詩歌は電車に乗って都市部——繚蘭高校の最寄り駅へ向かった。

といっても目的地は校舎じゃない。

校舎の近くにある広々とした自然公園だ。

初夏のじめじめした空気に濃厚な草花の香りが混ざって、排気ガスの臭いが遠ざかる。

都会にいきなり現れた森林。人工物の気配なき、ドーナツホールな空間。橋の下を見下ろせば濁った池までお目見えだ。

「すんすん……ん〜っ」

鼻を動かして匂いを嗅いでいた詩歌が、微妙に顔をしかめた。

「青くさい」

「そりゃあ自然の中だからな」

「……兄で鼻直し」

「口直しの鼻バージョンってか。おもしろい造語を考えるな、おまえも」

「作詞にはだいじなスキル」

「たしかに」

都会の油っぽい匂いにはだいぶ慣れてきた詩歌も、大自然の草いきれにはまだ不慣れなようだ。

「おーい！　こっちこっちー！」

しばらく歩いていると、大きな木の下に並んだベンチでたむろする数人の私服の男女の姿が見えた。

その中のひとり――大塚竜姫が大きく手を振って、俺たちを呼んでいる。

そこにいたのはとうぜん《渋谷軍団》の面々だった。

大塚の他にも秋葉、渋谷、狛江が勢ぞろいしている。

「えっ、てかなんでガッくんとシーちゃん、制服着てんの⁉」

大塚が俺たちの姿を見て驚きの声をあげた。

言われてみたらここにいる人間は、俺と詩歌を除く全員が私服を着ていた。俺と詩歌だけが、ふだんの学校生活とまるで同じ服装なのである。

「ろくな私服持ってねえし。どうせ踊るときにはトレーニングウェアに着替えるんだから、何を着てきても同じだろ」

「たしかに！」

あっさり納得する大塚。こういう素直さは大塚のいいところだよなぁと、俺は素直に思う。

「てか、マジで今日までに曲も振り付けも完成するとはなぁ。狛江も大塚も、無茶な注文だったのによくやってくれたよ」

「よゆーよゆー。振り付け考えるの好きだし、アイデアのストックもいっぱいあるし！」

「本当に助かるよ、大塚」

「気にするなよ、楽斗。作曲が間に合えば詩歌ちゃんと付き合う許可をくれる約束だし」

「ああいいぞ。異世界転生したら交際を認めてやる」

「それ遠回しに死ねって言ってるよな？」

「ストレートに死ねって言ったつもりだったんだけど、伝わらなかったか？」

「くっ、容赦ねえよ、お兄様……」

「兄って呼ぶな、カス」

詩歌にまとわりつく悪い虫、兼、頼れる我がチームの作曲家を軽くあしらう。

すると渋谷が狛江のケツを軽く蹴飛ばしてくれた。

「あだっ⁉　ちょ、エリオちゃんまで何するのさ」

「話がややこしくなるから、いちいち詩歌を口説くなっての」

「……うっす。すんません」

ナンパ色男の狛江も、やはり長年の相棒かつ狂犬の渋谷には頭が上がらないらしい。

本人はチャラい風貌と態度を演出しているけれど、どちらかというと狛江は尻に敷かれるキャラのほうが似合ってるよなと思う。なりたい自分と現実の自分はちがうんだろうなと、こいつを見てるとよくわかる。

「手さえ出さなきゃ交友関係までは禁止しない。その関係を続けたきゃ、変な下心は封印しておくこったな、狛江」

俺は鷹揚にうなずきながら、隣に立つ詩歌を見た。

話題の中心たる詩歌は何も言わなかった。俺の視線に気づいて、ん？ と首をかしげていた。

俺が大塚に振り付けを、狛江に曲を依頼してから、数日が過ぎていた。

千石陣営が新たなダンスミュージックを発表したという報告はなく、当然、原宿亜寿沙が衣装提供を了承したという知らせもなかった。どうにか彼女のジャッジがくだる日までにダンスと曲が間に合って、俺はひとまずホッとしていた。

だが安心もしていられなかった。

今日が土曜日にもかかわらず《渋谷軍団》全員で集まったのは外でもない。

実際に踊って、動画を撮影するためだ。

「でもさ、ホントに大丈夫なのか？」

　秋葉が疑わしげに言う。

「曲も振り付けも間に合ったけど、正直うちらレッスン不足だぜ？　まともなダンスとか無理だと思うんだけど」

「大丈夫だよ、マナマナ！　ライブイベントじゃなくて動画だから、ちょっと下手っぴなところは動画編集でごまかせるよーっ」

「意外とコスいこと考えるんだな」

「ホントはちゃんと踊れるようになってほしいけどねーっ。いまは時間ないから仕方ないよっ。速さ優先っ！」

「まあ、それもそうか」

　秋葉は納得して引き下がった。

　その後、俺たちは公園の公衆トイレでトレーニングウェアに着替えて芝生の上に再集合。教官役の大塚を前にして、詩歌、渋谷、秋葉、狛江の４人が横一列に並ぶ。

「よし、それじゃやってくよーっ」

「「「「はいっ」」」」

大塚の掛け声を合図に俺がスマホを操作し、曲を流し始めた。

スマホのスピーカーが軽快な音楽を奏でる。

狛江が作ったダンスミュージックはあらかじめ全員が聴いてきていた。俺も聴いたが、〝五線譜の王子様〟の異名を取る狛江らしいクオリティの高い曲になっていて、やっぱり任せてよかったと安堵したものだ。ダンスの界隈に詳しくないから相対的な善し悪しまでは判断できなかったが、少なくとも低品質と呼ばれるような出来ではないと思う。

「振り付けを一つずつ教えていくから、まずはボクの真似をしてねっ」

「「「はいっ」」」

曲に合わせて大塚が動きだす。

詩歌はじっと彼女を見て、すこしずつ体を動かしていく。たどたどしくはあったけれど、遅れないように気をつけてステップを踏んでいるのが傍目にもわかる。

「はい、そこでターン！　みんな、こけるなよーっ！」

「わかって！　るっ！　ての！」

リズムに合わせて切れる息。息に合わせて地を蹴り、軽やかに舞う渋谷の体。

やはり渋谷と狛江の動きにはキレがある。センスもいい。大塚の振り付けにも、初見で対応してみせていた。

不安材料だった詩歌と秋葉も、渋谷たちほどではないにしても、なんだかんだきちんとついて行けている。

ここ最近の朝練と大塚による基礎練習の成果かもしれなかった。

「……んふ♪」

体を動かしているうちに楽しくなってきたのか、詩歌は満足げに微笑(ほほえ)んでいた。

常日頃、無表情な詩歌のほんの小さな微笑。

俺以外の誰かが見ても、笑っていると認識できないぐらいの一瞬の出来事だけれど。

俺の網膜には強く残り続ける、最高の一瞬だった。

ところでこの自然公園は繚蘭高校の敷地(しきち)とはちがって、公の場である。つまりは一般の通行人が通る場所だ。音楽を流して踊っている人間がいれば、とうぜん注目を集めてしまう。

――ねえねえ、あれ。

――すごいね、大道芸なのかな。

――高校のダンス部とか？

――かわいいし、カッコいい～。

通りかかる人がちらりとこちらをうかがっては口々に感想を残していく。

「はい、ここでジャンプ！　着地が遅いよ、シーちゃん！」

「んっ……しょっ」

「そこはもっとキレよく！　マナマナ！」

「あいっ、よっ！」

「よし、ラストいくよーっ！　最後はカッコよく決めちゃえーっ！」

曲の終わりと、ほぼ同時。

大塚と4人が、ピタッとポーズを決める。

「はい終了ーっ！　みんなお疲れーっ」

「「「「ぶはぁーっ！」」」」

4人が情けなく息を吐き出し、ばたりと芝生の上に倒れ込んだ。

「はぁ……はぁ……はぁ……はぁ……」

詩歌は肩で息をしながら空を仰いでいる。長い前髪の隙間から覗く顔は汗まみれ。胸が何度も上下して、足りない酸素を欲している。

「はぁ……はぁ……はぁ……兄……わたし、できてた……？」

「おう、よかったぞ。おつかれさん。はいこれ」

言いながら俺は詩歌のほっぺたにスポーツドリンクのペットボトルを押し当てた。

「ひんやり……飲む……」

詩歌はペットボトルを受け取ると、貪るように飲み始めた。こくっ、こくっ、と白い喉を鳴らして飲んでいる。

「楽斗ぉ……うちもぉ……頼むぅ……」

「あいよ。今日だけは特別だぞ。おまえは本来メイド側、尽くす側だからな」

「アタシもアタシも」

「渋谷は元気だろうが。……まあいいけど。ほれ」

「さんきゅー。ごくっ……ごくっ……ぷへぁっ！」

「オレも――」

「狛江は自分で取ってこい」

「オレの扱いひどくね⁉」

「すまん。爽やかな汗を流してるイケメンを見たら、つい反射的に殺意が湧いてしまった。ほらこれ、詫びジュース」

「おう、助かるよ楽斗。なんだかんだ友達扱いしてくれて、うれしいぜ――ぶほぁっ⁉げほっ、がほっ！　おいこれ炭酸っ！」

「疲れた体にコーラが効くんじゃないかと思って」

「絶対むせさせようとしただろ⁉」

「バレたか」

「楽斗、おまえなぁっ！」

俺のささやかな嫉妬行動で涙目になる狛江。よしよし、満足。申し訳ないが、イケメンに対してはこれぐらいの意地悪はさせてもらわないと精神の安定が保てないんだ。許せ、狛江よ。恨むなら自分の顔面を恨め。

「しっかし案外できるもんだなぁ。正直、詩歌も秋葉も、もっと壊滅的な仕上がりになると思ってた」

飲み物で回復しながら芝生の上でリラックスしている仲間たちへ、俺は率直な感想を口にした。

「いや、それな。うちも正直、こんな動けるとは思ってなかったぜ！　さすがに体のほうはキッツいけど」

「麻奈、けっこう体力ついたよね。何かやってたの？」

「あー、なんか、毎日走り込みしたり筋トレしたりしてたのが効果あったんかなー」

「マジかよ。俺のおかげじゃん」

「くっ、そう言われると認めたくなくなるんだが⁉」

「楽斗が特訓してたんだ？」

　渋谷が目を丸くする。そういえば朝練のこと、渋谷たちには伝えてなかったな。

　登校前の習慣ぐらいに考えてたから、あらためて言う必要もないと思ってた。

「そうそう。まあ、軽ーくな」

「楽斗って地味に的確な手を打つよね。ふだんはやる気なさげな感じだけど、実は超有能マネージャーだったり？」

「どうだろうなぁ。ただ検索して出てきたやり方を試してるだけだしなぁ」

「ファッション学科の教室でも機転を利かしてたような……」

「ヤンキーが怖くて空気を変えたかったんだよ」

「ふぅん、まあいいけど」

　渋谷は釈然としないように言う。

　大雑把な性格のくせに妙に細かいところにこだわるやつだ。あまりデキるやつだと認定されたくはない。実際、彼女たちのような天才とはほど遠い位置にいる凡俗だし、裏方の仕事もたいしてハイクオリティにこなせるわけじゃない。

　期待を寄せられるのは正直重いし、それにより仕事が増えすぎるのは避けたかった。

　話を変えようと俺は大塚のほうに目を向けた。

大塚は三脚に設置していたスマホを覗き込み、撮影した動画を再生している。詩歌たちの動きをひとつずつ確認しているのだろう。

「どうだ、大塚。みんなのダンス、良さそうか？」

「………」

あれ。声、聞こえなかったのかな。

大塚は返事をせずに真顔でじっと画面に見入っている。何か考え事をしているのか、妙にシリアスな雰囲気を醸（かも）していた。

「大塚……？　何か気になるところでもあったのか？」

「えっ。あっ……」

近づきながら話しかけると初めて彼女は俺に気づいたようで、大きく見開いた目を白黒させる。

あきらかに動揺している。なんだろう。いまのダンスにまずいところでもあったのか？

不安になってきた。

が、大塚はすぐにニカッと歯を見せてサムズアップ。いつもの明るい表情で言いきった。

「大丈夫！　パーフェクトダンスだよーっ！」

「本当か？　できてないところがあるなら遠慮なく言っていいんだぞ」

どうせ踊るの俺じゃないし。疲れるのも俺じゃないし。

「へーき、へーき！　ボクの振り付けにガンガンついてきてる。みんなサイコーだよっ」

「そっか。ならいいけど……」

スマホ画面を見る大塚の目に違和感があったのだけれど、気のせいだったのだろうか。

もっとも俺は心理学者でもＣＩＡでもない。人の目の動きだけで言葉の真偽を見抜けるような特殊能力はあいにくと持ち合わせていなかった。大塚が大丈夫だというなら、愚直にそれを信じるだけだ。

「よーし、このまま本番、撮っていこーっ！」

「「「おー……」」」

元気一杯の大塚に対し、《渋谷軍団》の面々の声にはすでに疲労が滲んでいた。

しまらないやつらだなぁ、と、踊らなくていい勝ち組の俺、高みの見物で苦笑。

さて、そんなこんなでダンス動画の収録は順調に進んでいった。

大塚の指導のもと、詩歌たちは狛江の曲に合わせて踊り、一小節単位での動きも撮影していく。

編集点の加工が自然になるように工夫しながらじっくりと撮影は続いていき、みんなの努力の甲斐あって、完成した動画はかなりのクオリティだった。

詩歌をセンターとした動画を詩歌の、渋谷をセンターとした動画を渋谷の一八ライブのアカウントにそれぞれ投稿した。

結論から言えば、その動画は…………………………………………成功だった。

これまでの動画や配信と比べても、再生数はかなり伸びた。

イイネの数も、ふだんの倍近くついている。コメントで成功要因を確認してみたところ、どうやら運動不足で地味な外見の詩歌が必死に頑張る姿が視聴者の心を打ったらしい。

完璧なパフォーマンスにこそ数字がつくと思っていたが、必ずしもそうではないようだ。

一八ライブの視聴者ってやつは、本当に難しい存在だなと思う。

「るん、るん、るん♪」

「ご機嫌だな、詩歌」

「ダンス、たのしい。大変だったけど、たのしい」

「音楽だけじゃなくて新しい芸まで身についちまったな。末恐ろしい妹だぜ」

「でもライブは無理」

「だよなー」

今回だって一回ごとにドリンク休憩を挟みながら、かろうじて撮影を完走できただけだ。

まだまだ失敗が目立つし、完璧とはほど遠い。それが逆に愛嬌を生んで動画では好意的に受け止められたけれど、そんなものは本当のダンスの評価とは呼べないだろう。詩歌のチャンネルに来る人間はもとから詩歌に好意を抱いてるから評価が甘くなるだけで、初見の人間も訪れる『繚蘭サマーフェス』では中途半端な動きは許されない。

だが今回は動画でいいのだ。

許可されたフォーマットで、ルールの範囲内で勝負したのだ。

誰にも文句を言われる筋合いはない。正々堂々、《渋谷軍団》の持てる全力をこの動画に注ぎこんだ。

この熱意、原宿亜寿沙に届け！

俺はただただ、ファッション学科の女王へと祈りを捧げるだけだった。

＊

「私、千石くんたちに衣装を提供することにしたわ～」

「…………は？」

ごめんね～、と脳味噌がとろけそうな間延びした声で言う原宿亜寿沙に、俺はアホみたいに口を開けて固まっていた。

週が明け。運命の日。

おそらく今日審判がくだされるだろうと、俺は高鳴る胸を押さえて一日を過ごしていた。

しかしミュージシャン学科の教室にやってきた原宿亜寿沙が、俺の顔を見て開口一番、言ったのがさっきのセリフだった。

「えっと……本気で言ってるのか？　ドッキリじゃなくて？」

「この数日間、あなたたちと千石くんたち、両方のチャンネルを見させてもらったわ～。私なりに真剣に考えた結果よ～」

おものように柔らかく間延びした口調の中にも、プロフェッショナルを感じる確かな意志が覗いていた。

冗談、ではなさそうだ。

「決め手は？」

往生際が悪いと自覚しつつも、質問せずにはいられなかった。

原宿は頬に手を当て、おだやかに微笑んだ。

「それがわからないようだから、としか言いようがないわ～」

「……ッ」

誰も、何も言い返せない。

自己主張の少ない詩歌はもちろんのこと、ふだん気が強い渋谷ですら唇を噛んで黙ってしまっている。納得はできていないはずだ。狛江の作った曲はハイクオリティで、大塚の振り付けは一流の仕事だった。千石陣営のアカウントは毎日確認していたが、目立つ新作を投稿した形跡はなかった。つまりふだんの彼らの活動に、詩歌たちのとっておきの動画が敗北を喫したということだ。

たしかに踊り手の練度は千石陣営に及ばない。だがそんなことは最初からわかっていたはずだ。ダンスミュージックを主戦場としている千石のほうがダンスのレベルが高いのは自明の理。わざわざ試すような真似をしたのは、取り組み方を見るためではなかったのか。何故、原宿は一本も新しい動画を出していない千石たちに与すると決めたのか？

「それじゃあ、さようなら。素敵なタレントさん♪」

うぶな男を弄ぶ悪女のようにくすりと微笑んで。

皮肉まじりの言葉を残し、原宿は優雅に髪をなびかせながら立ち去った。

結局、敗北の理由も知らされないまま。

俺たちの心にはただただモヤモヤしたものが残された。

第4話　保守的な革新派

「終わった……秋葉原麻奈、お手軽出世コースの道が閉ざされたぜ……ふ、ふへへ……」

「わたしが、ダンス、下手……だったせい？」

「詩歌ちゃんが自分を責めることないさ。きっとオレの曲が彼女に刺さらなかったんだよ……くっ、もっと積極的に口説きにいって、亜寿沙ちゃんの好みをつかんでいれば……」

「反省するとこズレてるっての。……それ言うならアタシだって、実力で振り向かせられなかった……悔しい……」

放課後。もはやここ最近の日課になりつつあるダンスレッスンの時間。

スタジオに集まった仲間たちは、原宿にフラれたショックでうなだれていた。

俺はどうなのかって？　そりゃあもう――。

「死にてえええええ！　殺せ！　殺してくれえええええ！」

誰よりも絶望し、スタジオのド真ん中で大の字になって無様な負け犬姿をさらしてるに決まってるだろ。

何せ原宿亜寿沙へのオファーは俺の発案だ。珍しくマネージャーとして積極的な行動を起こした結果が、これだ。全員を無駄に振り回したあげく、失敗してメンバーのモチベを下げる事態を招いた。

完全に役立たず。ただの無能。疫病神である。

ああ死にたい。めっちゃ死にたい。でも自分で死ぬのめんどくさいし怖いから、せめて誰かに殺してほしい。

「うおおおおおおおおおお。ぬあああああああああああ」

まともな知能があるとは思えない奇声をあげてのたうち回る俺。

「………………」

スタジオに到着するなりそんな地獄絵図を目にした大塚は、俺たちの様子から千石との勝負の結果を察したのだろうか。しばらくの間、茫然と立ち尽くしていた。

が、彼女はすぐに何かを決意したように顔を上げると、とことこと、倒れる俺の脇まで近づいてくる。そして。

「……ゴメン‼　ガッくん、みんな、本当にゴメン‼」

土下座してきた。

……え？

一瞬、何が起きたのか理解できずに俺は固まってしまった。

他のメンバーも俺と同じだったらしく、床にひたいをつけたままピクリとも動かぬ大塚を困惑の目で見つめている。

「いや、いやいやいや。大塚が謝ることなんて何もないだろ」

俺はあわてて飛び起きて彼女の頭を上げさせようとする。

しかしまるで床に接着剤で固定したかのように、1ミリたりとも持ち上がらなかった。

「か、顔を上げてくれよ。大塚は何も悪くないぞ。振り付けには満足してるし、レッスンも俺たちは基本おんぶにだっこだったわけで」

「ち、ちがうの！　たぶんボクのせいでっ！　だからっ――」

「落ち着けって。――どういうことか、説明してくれるか？」

「う、うん。すー、はー。すー、はー」

取り乱していた大塚の肩に手を置いてなだめると、彼女は胸に手を当て深呼吸した。

そして気まずげに目を伏せながらも、ゆっくりと言葉を紡ぎだす。

「本当はもっと早く言うべきだった……でも、楽しそうに踊ってるキミたちに水を差したくなくて、言えなかった」

「……何を？」

「ノキ坊のダンスミュージックに、ちょっとズレを感じてた。……なのにそれを指摘せずに、スルーしてた」

具体的にはドラムの使い方だ、と大塚は告白した。

「ノキ坊の曲はなんてゆーか、その、ハイレベルだった。ドラムをあえてミュートにしたり、サビの前でブレイクを入れたり、たくさんの技を取り入れて工夫してる」

「それは良いことじゃないのか？」

「ふつうの作曲なら良いことだと思うよ。でもダンスミュージックだと同じリズムの反復パターンを延々と繰り返していくようなものが多いんだ。どっちかっていうとワンパで、単調なリズムのドラムが好まれてる。──ほら、クラブとかで同じリズムに乗って、体をクネクネ踊らせてる人たち、見たことない？」

「あー……イメージあるな」

もちろん人生でクラブ未経験の俺がそれを生で見たことがあるはずもない。

だが古今東西の映画や漫画で描かれ続けてきた光景は確かなリアリティと生々しい香りとともにはっきりと脳内に浮かびあがる。そこにはダンサーやＤＪの他にも、楽しげに踊りくるう大勢の客の姿があった。

「観客のノリノリな状態――あれを誘ってるのが、ワンパターンなドラムなんだ」

「つまり狛江(こまえ)の曲は文化(カルチャー)を理解しきれてなかった。原宿はそれを見抜いて俺たちじゃなく千石に衣装を提供することになった……そういうことか？」

「たぶん……。アズパイがどこまでヒップホップダンスの文化(カルチャー)を知ってるかはわかんないけど、ボクは曲を聴いた瞬間に、『あ、ちがう』って思っちゃったから」

アズパイ、とは初耳だが、おそらく原宿亜寿沙の（大塚が勝手にそう呼んでる）あだ名だろう。

しゅんと肩を落としている大塚。

思うところがないわけじゃない。問題点に気づいていたなら言ってくれればよかったのにと、そう詰め寄りたくなる自分もたしかにいる。

けれど心のどこかで信じてもいるのだ。分野こそ違えど詩歌と同じ天才。何の考えも、意味もなしに、手抜き仕事をしただけなどとは到底思えない。わざわざ指摘しなかったのには何か理由があるはずだ。

「責めてるように聞こえたらすまん。だけど、教えてくれないか？　どうして狛江の曲に違和感を覚えていながら黙ってたんだ？」

「…………」

うつむいて、唇を噛んで。

それから大塚は情けない目をして言った。

「こんなタイミングで言っても信じてもらえないかもだけど、ボクは、ノキ坊の曲を新鮮で、おもしろくて、すごくイイとも思ったんだよ。そりゃあダンスミュージックとしてはあんまりない、違和感のある曲だけど。だからこそこれに振り付けを足して、最高の作品に仕上げられたら超カッコイイ！　……って、そんなふうに考えてたんだ」

「あえて文化の外の挑戦をしようとしてた、ってことか」

「カッコつけて言うと、そう！」

勢いよくそう言って、大塚は苦笑する。

「……失敗してるから、カッコ悪いけどね」

「あっ、思い出した！」

とつぜん、それまで黙っていた秋葉（アキバ）が声をあげた。

「〝竜舌蘭（リユウゼツラン）〟って言えば、界隈（かいわい）ではヒップホップの破壊者で有名じゃん！」

「いきなり大声あげてどうした、秋葉。突発性中二病か？」

「茶化してる場合かよ！　〝竜舌蘭〟大塚竜姫（たつき）。ヒップホップカルチャーに新しい文化をどんどん取り入れて新しい表現を模索する革命児。そりゃあダンスミュージックであんま取り入れない手法を持ち込みたがるわけだぜ」

情報通の本領発揮とばかりに饒舌に語る秋葉。

漠然とダンス学科の頂点だと聞いていた大塚竜姫という天才について、一段階、解像度が上がった気がする。

しかし同時に今回の失敗の原因は、他の誰でもない、俺であることも突きつけられた。

何故なら、影響力のある人物だというだけで大塚の協力を得て、その具体的な活動方針をまるで知らなかったのだ。そしてダンス界隈にどんな文化があり、どんな派閥が存在し、どんな評価軸があるのかも知らなかった。

大塚は界隈の王道でないことは気づきながらも自分の良いと思うものを作り、原宿は、文化の理解を第一の評価基準としていた。このすれちがいこそが、今回の致命傷。俺の、浅はかさが招いた事態だ。

「〝竜舌蘭〟か……。でも、ボクのやってること、ホントに正しいのかな……」

床の上で体育座りをして大塚が弱音を吐いた。

渋谷が意外そうに言う。

「驚いた。竜姫って、ネガティブなこと言えるんだ」

「ボクをなんだと思ってるのさ。いちおー人間だし」

大塚はむうとふくれる。

だけどすぐにそのふくれ面をひざの中に埋めた。

「良かれと思って輸入したものが受け入れられなかったの、今回が初めてじゃないんだ」

「前にも同じようなことがあったのか?」

「うん……。このまえ、このスタジオで女の子たちとすれちがったでしょ?」

「あー、えーっと。極道祭り、みたいな名前の」

「護国寺遥香だろ。ぜんぜんちげーよ」

うろ覚えな俺に、秋葉が即座にツッコミを入れた。

大塚がうなずく。

「そう。ハルっち。あの子もヒップホップカルチャーで育ってきた子でさ。昔はふたりでストリートダンスしたり、遊びまわったりしてたんだけど。最近はぜんぜんなんだ。……たぶん、ボクの活動に対して怒ってるんだと思う」

「怒ってる? 新しいモノを生み出そうって挑戦を怒られる意味がわからないんだが」

「文化を壊す気か、って。破壊者ってゆーのは、メディアとかだと好意的に使われるけど、こっちの界隈では悪口なんだよね」

「大塚……」

「界隈にも受け入れられて、外側の新しいお客さんにも届く――そんな表現を見つけられたら最高なんだけど。……あはは、むずかしいんだよなー。ボク、才能ないのかも」

「なに言ってるんだよ」

思わず語気が荒くなりそうになるのをぐっとこらえる。

大塚のダンスには間違いなく群を抜いた魅力があった。ダンスの文化を知らない素人の感想でしかないが、俺の目には他のダンサーよりも圧倒的な輝きを放っているように見えたし、大勢の観客が俺と同じ気持ちだったはずだ。

天才。そう呼ばれるにふさわしい力を持っているのは、間違いないのだ。

だというのにそんな自信なさげに縮こまってしまわれたら、俺たちのような凡百の人間は立つ瀬がなくなってしまう。

「今回の件は原宿の趣味に合わなかっただけだ。ダンスの知識もなく大塚や原宿に頼ろうとした俺の作戦ミスだ。むしろ無知なまま依頼して、おまえの経歴に泥を塗っちまって、本当に悪かった」

「ええっ!? や、そんな、ガッくんが謝ることじゃないよっ」

俺の土下座返しに大塚が大慌てでフォローする。

そしてもうひとり、俺のそばに近づいて、顔を上げさせようとするやつがいた。

「そうだ、楽斗(がくと)。悪いのは楽斗じゃない」

　狛江乃輝亜(のきあ)だ。

「全部、オレの勉強不足のせいだよ」

「ノキ坊も、そんなこと言わないでよっ。いい曲だったのは本当だよっ」

「いいんだ。慰めはいらない」

　狛江は首を横に振った。そして頭を下げて続ける。

「でも、ごめん。キミに曲を提供する話、もしかしたら引き受けられないかもしれない」

「え……」

「勘違いしないでほしい。竜姫ちゃんに指摘されて不貞腐(ふてくさ)れてるとかじゃないんだ」

　不安げな大塚の目から目を離さず、狛江は断言する。

「本当に盛りあがるダンスミュージックを作ろうと思ったら、いろいろと勉強し直さないといけないんだと実感してね。まずは文化を吸収して自分の体に馴染(なじ)ませたいんだ。でも、そうすると《渋谷軍団》向けの曲と竜姫ちゃんの曲を両方作る時間がないんだ。期末考査はもう目の前だからね」

　どちらかを完成させるには、どちらかを諦めなければならない。

　であれば狛江としてはミュージシャン学科──《渋谷軍団》の身内を優先する、という判断なのだろう。

「だけどそうなると困ったな。せっかくダンスを教えてくれたのに、大塚に返せるものがなくなっちまった」

「い、いいよ、ガッくん。ボクのせいでアズパイにフラれたんだし。タダで協力するよ。新しい曲の振り付けも、ちゃんとやるから」

「そういうわけにいかねーって。契約とかはしっかりしないと」

ラクにタダ乗り最高！　な価値観の俺ではあるが、無料の怖さも知ってるつもりだ。与えるだけの関係も、与えられるだけの関係も、等しくハイリスク。無駄なリスクを抱えるような面倒な環境は避けていきたい人生だった。

とはいえ困った。狛江が大塚向けの作曲から降りるとなると、いったい俺たちは大塚に何を提供すればいいのだろうか。詩歌は無理だし、渋谷は歌唱専門で作曲能力はなさそうだし。

まさかここでついに「やつ」が動き出すのか？

永遠のワナビ。処女作未完成の、完成させるまでは天才かもしれない可能性が残される、シュレディンガーの作曲家。

秋葉原麻奈の真の才能が開花するときが、いま——。

「──ないな。それはない。うん、ないわ」

「おい楽斗。おまえいまクソ失礼なこと考えてたろ」

「考えてねえよ、何エスパー気取ってんだ」

「目がこっち向いてんだよ！　馬鹿にした半笑いも口元に浮かんでんだよ！」

「失礼なことは考えてねーよ。真実だけだ」

「ぶっとばーっす‼」

「待て待て。ならおまえ、狛江の代わりに大塚のために作曲できるのかよ」

「無理に決まってんだろ！」

「やっぱりな！　それでよく失礼だなんだとキレられるな⁉　あァ⁉」

「うるせえ！　神様が降りてこねーんだから仕方ねーだろ！」

取っ組み合いになりながら揉める俺と秋葉。とつぜんのトラブルに大塚があわてて仲裁に入ろうとし、日常的な光景に渋谷と狛江があきれたようにため息をつく。

そんな、カオス極まる騒がしい空間に──ぽつり、と。

一滴の水を落としたかのように。

慎ましくも、ハッキリと通る、澄んだ声が響いた。

「わたしがつくる。タツの曲」

それまでひと言も発さずにきた詩歌が、大塚のすぐ目の前まで歩いてくると、彼女の手をそっと握る。

「タツ、わたしにダンス、教えてくれた。わたしの体を調べて、わたしに合ってる踊り方を教えてくれて……いちばん素敵に踊れる振り付けを考えてくれた」

「……！　シーちゃん、気づいてたの⁉」

「ダンスのことは、わからない。でも振り付けを教えてくれたときのタツの声で——そこに含まれてた〝色〟で、なんとなく感じられた」

大塚の技術や知識を詩歌は理解できない。何故なら前提となるダンスの知識をほとんど持ち合わせていないからだ。

しかし詩歌は、理解できずとも納得できた。

詩歌は、音の中に〝色〟を視る。

その共感覚はただ天が与えた幸福な能力というわけではない。

何気ない会話、群衆の放つ雑音。本来、常人が耳を澄ましても何の情報も得られない、そういう些細な音の中にも詩歌は意図や感情を見出してしまう。

教室という閉ざされた空間、幾重にも雑音が反響し、感情が渦巻く場所では生きにくい原因でもあった。

だからこそ詩歌は大塚の施してくれた指導の価値を、そこに込められた大塚の思いやりを、正しく受け止められる。

「今度はわたしの番。タツのことを知って、ダンスの文化を知って。タツがいちばん素敵に踊れる曲を、考えたいの」

「シーちゃん……」

「だめ？」

「そんな……そんなわけないよっ」

大塚がふるりと首を振る。

「うれしい！　シーちゃんがどんな曲でボクをノせてくれるのか、すっごく楽しみ！」

大きく両手を広げて大塚はそう言った。

含むところのない、いつもの笑顔がそこにはあった。

大塚のそんな顔を見て安堵(あんど)したのか、詩歌の無表情の中に微(かす)かに笑みが混じる。

俺は人知れず胸がつかまれるような感覚を味わっていた。

そりゃそうだ。臆病で、感情の坩堝(るつぼ)に苛(さいな)まれて、部屋から出られずにいた詩歌が、自分から友達に手を差し伸べているのだから。

中間考査のときの渋谷に対してもそうだった。他人との間にそびえる壁を乗り越えて、向こう側の世界を覗こうとしている。

あのときは渋谷エリオという歌姫の才能に興味を抱き、救おうとして。

そして、いまは。

おそらくは大塚竜姫というダンサーに、儚く砕け散りそうな危うさを本能的に察して。

詩歌の心が決まっているのは、わかっていた。だからこれはあくまでも詩歌の兄としての、マネージャーとしての、形式上のお小言に過ぎない。

「いいんだな、詩歌?」

「ん。だいじょぶ。兄に、迷惑かけるかもだけど」

「それはいいよ、べつに。作曲自体、禁止してるわけじゃないし」

詩歌は歌唱能力だけでなく、作詞作曲の点でも卓越した才能を発揮する。

音を〝色〟として認識する力は、音を音としてのみ扱っている人間では絶対に発想できない旋律を生み出せるし、世界の認識の仕方がズレているからこその視点と積み重なった心理の澱は独特の詩を紡ぎだす。

だがその代償として、詩歌はひとつの曲を完成させるたびに精神をひどく消耗する。

症状はほぼランダム。軽いときはちょっとした躁状態（そうじょうたい）になるだけだが、重ければ無気力状態のまま動けなくなったり、精神錯乱したり自傷行為に走りそうになったりとさまざまだ。常に俺が横にいて様子を見ていないと危なっかしくて仕方ない。

だから基本的に作詞作曲は封印して、〝シーカー〟としての活動はほぼ「歌ってみた」に限定していた。

けれどそれは、完全な禁止を意味しない。

本当に大事なとき。曲を作りたいと、詩歌本人が強く望んだとき。

とっておきの瞬間にだけ、体を張ること——。

俺は端（はな）からその覚悟ができてるんだ。

「思いっきりやれよ。詩歌」

「ん。ありがと、兄」

ぽんと頭を撫（な）でて許可すると、詩歌はふわりと微笑（ほほえ）んでうなずいた。

そして彼女はふたたび大塚のほうを向く。

「タツ。このあと、ひま？」

「ほえ？　べつに予定はないけど……」

「タツのこと、もっと知りたい」

「ほわ⁉　ちょちょちょ、シーちゃん⁉　近い近い近いってばーっ！」

手を握ったままぐいと顔を近づける詩歌に、大塚は顔を真っ赤にして照れまくる。

ごく自然にゼロ距離コミュニケーションをするタイプの彼女も、相手から迫られるのには弱いらしい。

どぎまぎする大塚の様子を気にもかけず、詩歌はマイペースにこう言った。

「わたしに、ヒップホップダンスの文化(カルチャー)を教えて」

*

結局、放課後のレッスンは行わずにスタジオを出て下校することになった。

と言っても、即解散、即帰宅というわけじゃない。

俺たちは大塚に案内されながら、ある場所へと向かっていた。

繚蘭(りょうらん)高校を出て、徒歩数十分。都会の喧騒(けんそう)の真ん中に突っ込んでいき、まだ平日の夕方にもかかわらずすでに酒の臭いをぷんぷんさせた若者が行き交う道を通って、やや薄暗い路地へと入っていく。

壁には緑や紫、橙色(だいだいいろ)や黒のインクで彩(いろど)られたグラフィティアート。地面やガードレール、公衆電話ボックス等のあきらかな公共物にも容赦なく、卑猥な英字や落書きがびっしりと書き込まれていた。
広場のようになっている開けた場所にきた。

金網に囲まれたバスケットゴールがあって、肌を浅黒く焼いた体格のいい男たちが派手なダンクシュートを決める音が豪快に鳴り響く。

スケートボードで遊んでいる男女もいた。階段の手すりを利用したトリックを見せる者が喝采を浴びている。

空間には常に大音量で音楽が流れていた。

一小節聴いただけで「あ、ヤンキーが聴いてそう」と思えるメロディ。R&B、レゲエ、ヒップホップがいろいろな場所で同時に鳴らされているせいで、混ざりあって混沌とした空間になっている。

そんなカオスな音楽に合わせてダンスバトルを楽しんでるやつらもいた。

男女比は男性が多めだが、女性もかなりいる。7対3ぐらいだろうか。

ただ性別にかかわらず、ここにいる人間は全員が全員、共通してガラの悪そうな見た目をしていた。

ひと言で言えば、めちゃくちゃ不良っぽい。

顔は厳(いか)つい。天然なのか、そうなるように作っているのかは知らないが。

髪は奇抜か、少なくとも特殊な色に染めている。

服装は野生的かつ刺激的。夏が近く暑い季節なのもあるだろうが、男女問わず露出度が高く、己の肉体への絶対の自信を感じさせる。

絶対にお近づきになりたくない、友達になれないタイプだなぁ、と思っていると。不良集団の中から数人の女子がこちらに気づいて、あっと声をあげた。

「竜姫じゃん！」

「うわホントだ、ひさしぶり！　繚蘭に入って以来だっけ。ご無沙汰じゃん」

不良女子たちが馴(な)れ馴れしく挨拶してきた。

とつぜん声をかけられて俺が面食らっていると、大塚は動じることなく笑顔で彼女らに応えた。

「そーなんだよねーっ。みんな元気そうでよかったーっ」

「元気元気～。うぇーい！」

「イエーイ！」

笑いながらハイタッチなんかしている。

意味不明だ。いま、何か喜ばしいこと起きてたか？

なぜ彼女たちはいきなり楽しそうに手を打ち合わせているのだろうか。脈絡も何もない行動すぎて、自分の頭の上で疑問符が踊りくるうのを止められなかった。

「話したいことはいっぱいあるんだけど、いま友達をオーナーの店に連れてくところなんだよねーっ」

「あー、そうなんだ。そっかそっか。じゃあ長話はだめだね」

「でも元気みたいでよかったよ。ハルっちと喧嘩したってウワサで聞いたからさ。落ち込んでるのかなーって心配してたし」

「あはは。だいじょぶ、だいじょぶ。気に入らないことはダンスバトルで解決！　だから。ボクらの流儀だもん。心配いらないって！」

「きゃはは！　たしかに！」

胸にチクリと刺さるような痛さを感じた。大塚と護国寺遥香の関係を聞かされたばかりの俺は、その発言がやせ我慢だと知っている。かつての友達を心配させまいとする大塚の笑顔が、その健気さが、ただただ切なくなってしまう。

感傷っぽいのは、俺らしくなくてアレだけど。

不良女子たちと別れて、大塚はふたたび路地の奥へ進みだした。道中、俺をはじめ詩歌、秋葉、渋谷、狛江といったいつもの面子は借りてきた猫のように大人しくなっている。

そらそうだ。油断したらギャングに誘拐されそうないかにも治安の悪そうなストリート、気が休まる一瞬すらないのだから。

「ビックリした？　おもしろいでしょ、ここ」

俺の隣にぴょこんと位置取って、大塚が笑顔で訊いてきた。

「違法薬物とか売ってそう」

「売ってるやつもいるよ。白昼堂々、お日様の下で、ってのは最近はないけどね」

「さらっと肯定しないでくれるか？」

「事実だからねーっ！　でも肯定はしないよ！　ボクはそーいうのダメでしょーって派閥だもん」

「お日様の下では売らない、ってゆーと、主にどこで――」

「クラブとかかなー」

「え⁉」

声が裏返った。

「お、おい。俺たちがいま向かってるのって……大塚の行きつけのクラブ、だよな？」

詩歌たちがレッスンを中断してこんな場所まで来たのは、ヒップホップの文化を肌身で感じるためだった。本場のダンスミュージックを聴いて、界隈の空気を感じ取ることで、しっかりとリスペクトのある楽曲を作る――そのための取材である。

だが法を犯すつもりはない。

事件に巻き込まれる可能性があるなら全力で逃げなきゃならないわけで。

「だいじょぶだってば。ヤバいところに連れてくわけないし！　ちゃんと信用できる人、NOT反社のクリーンな経営をしてるオーナーさんのお店だよっ」

「そ、そっか。ならいいけど」

けどこんな薄暗い路地にあるのにクリーンな店なんて、本当に存在するのか？

案内されるまま派手な紫色の看板を掲げた建物に通される。

地下への階段が胡散臭さ満点で、一歩進むごとにヤバい世界に取り込まれていくようで緊張で胸がドキドキしてくる。

薄暗い階段を下りた先――分厚いドアを開けた瞬間。

光と音の荒波に放り込まれた。

電子的な重低音。胃の奥を震わせるビート。空気の振動が毛細血管をも震えさせて血液がぶわりと沸き立つ。

何故か辺境部族のキャンプファイアーを幻視した。

DJや舞台に立つダンサーを中心に派手なファッションの観客たちが踊りまくっている。

「うおお……パリピだ……」

「見た目はねーっ。でも反社お断りの平和な箱だから安心、安全♪」

「兄……〝色〟がぐちゃぐちゃ……頭、ぐるぐる……」

「おっと、そうだった。コイツの装備を忘れるな」

「わ……まっくら」

「グ、グラサンだ。〝色〟が視えにくくなるから、歩き回るときはそれつけてろ」

「うい」

サングラスをかけた詩歌がいまにもBUNBUNと口ずさみそうなノリで敬礼する。

奇しくもこのパリピ空間にはお似合いの姿だった。

「オレ、ちょっといろいろ見て回ってきてもいいかな」

「まさかナンパじゃないでしょうね？」

興味深げに店内を見渡していた狛江が言い、渋谷がじと目を向けた。

「今日の話の流れでそれだったらオレ最低すぎ……もうすこしオレのこと、信じてくれてもいいんじゃない？」

「ふうん。まあいいや。じゃあアタシも一緒に回ろっかな。――麻奈はどうする？」

「おほぉーっ！　クラブといえば出会いの場！　有名タレントや業界のプロデューサーと出会えれば将来成功の片道切符！　あさるぜぇ〜！　人脈ＧＥＴガチャ！」

目をドル色に染めた秋葉が人混みの中にダイブしていく。

「うわ、現金」

「麻奈ちゃんらしいねえ。楽斗と詩歌ちゃんはどうする？」

「あー、俺はここにいるよ。詩歌がグラサン状態で歩き回るの危険だし、カウンター席でゆっくり見学してる」

「そっか。それじゃ後でまた合流しよう」

「おう」

「いってら」

足早にフロアの奥へ消えていく狛江と渋谷を、俺と詩歌が軽く手を振り見送った。

大塚が親しげにカウンター席の向こう側にいる店員と話している。スキンヘッドで筋骨隆々、いかにも元軍人といった風格のある男性だ。シェイカーを振って、客のカクテルを作っている。たぶんこの店のオーナーだろう。この見た目でさすがに雇われバイトはない。偏見だけど。

俺と詩歌は大塚の隣のスペースに陣取った。

「…………うまそ」

詩歌が大塚の手元をじーっと見つめている。

彼女の手には、何やら青と赤の入り混じる不思議な色をしたドリンクが入ったグラスが握られていた。

詩歌の物欲しそうな視線に気づき、大塚はにかっと笑う。

「ふたりも何か作ってもらいなよ！　オーナーのカクテルは絶品だよーっ」

「待て待て。妹を未成年飲酒に誘うな」

「ちょ。それじゃボクが飲酒してるみたいじゃん。これノンアルだよ。ノンアルコール！合法しか許さない店なんだってばーっ」

「ノンアルのカクテルって。何をどう頼めばいいんだ？」

「え～と。じゃあ好きなジュース適当に教えてっ」

「コーラ」

「いいね！　オーナー、コーラをベースに、フルーツ系いろいろ混ぜてイイ感じで！」

大塚がこの上なくふんわりした注文を伝える。

しかしオーナーは質問を返すことなく「あいよ」とだけ応じてうなずくと、シェーカーに複数の飲み物をぶちこんでシャカシャカと動かし始めた。多くを聞かずとも即座に実行できるあたりプロの仕事、流儀のようなものを感じる。

「シーちゃんはどうする？」

「兄とおんなじやつ」

「オッケー！　オーナーよろしくぅ！」

「人使いが荒いねえ竜姫ちゃんは。……そうだ、飲み物タダにしてあげるからさ、久々にステージに上がってよ」

「えっ、いいの⁉」

「もちろん。〝竜舌蘭〟のステージなんて最高のサプライズだ。客の財布のヒモもゆるむってもんよ」

「オッケーオッケー。やっちゃうよーっ！」

思考時間ゼロ。ノータイムで了承して大塚はカクテルを飲み干した。

そして、行ってくるねー、と俺たちに軽く告げると、足早にステージへと向かっていく。

観客やダンサー、ＤＪたちが大塚の存在に気づき、歓声をあげた。

うおおおおお、と巫女(みこ)の登壇に盛りあがる部族のように大塚の乱入を歓迎している。

会場のボルテージが二段階ぐらい上昇。ＤＪはギュギュギュ、とスクラッチ。界隈ではたぶん熱いのであろう曲が流れだし、観客が大いに沸いた。

ステージの上で踊る大塚の姿は、まさに圧巻だった。おどけた道化師のようなコミカルな動きで登壇し、長方形のステージを端から端まで無駄なく移動しながら表情としぐさで観客を煽る。

かと思えばとつぜん動きにキレが増し、尻上がりに激しさを増していく。

観客も大塚に釣られてかくりかくりと首を動かし、あるいは全身を軽く左右にゆらして、彼女の創る世界に全員でノッていく。

「指揮者……」

隣でぽつりとこぼされた声に、俺は振り向いた。

そこには、大塚のパフォーマンスに見惚れている詩歌の横顔があった。

「あ、おい。だいじょうぶなのか?」

彼女はゆっくりと、サングラスを外す。

「タツは、指揮者」

俺の問いには答えず、詩歌はつぶやく。

「演奏者は、お客さん。タツがいるから、お客さんはひとつにまとまれる」

「……〝色〟が、まとまってるのか」

「うん。いまは、グラサンなくても。ぜんぜん平気」

そう言われ、俺もふたたびステージの上を注目する。

たしかにさっきまでは雑多な熱狂、体をゆさぶるような熱さこそあれど、作品としてのまとまりは感じていなかった。

だがいまは大塚というド真ん中で魅せるダンサーの存在が大勢の観客を一手にまとめ、空間がまるごと巨匠の絵画であるかのように、美しい調和を見せていた。

大人の空間だからだろうか？

学校で見かけるときには幼く、元気な印象のある大塚だが、いまの彼女は誤解を恐れずに言えば、ちょっとえろい。淫らというわけではなく、鼠径部をさりげなくくすぐられるような仄かな色気を醸していた。けっして性的欲求を煽るようなダンスではないはずなのに。

「〝竜舌蘭〟のクラブダンスは初めてかな」

「あっ、はい」

スキンヘッド元軍人オーナー（予想）に声をかけられて、思わず背筋が伸びる。

「えろいもんだろう」

「このお店は遵法精神に則ってるという話では？」

「思想、思考の自由はあるさ。あの独特の色気はね、誰にも真似できない彼女の才能なんだよ」

「〝顔〟がいいからですか。それともスタイルの良さとか」

「〝顔〟だね」

オーナーに断言されて、俺はすこしがっかりした。

そうか、そうだよな。結局はそこだよな。顔の美醜で才能が決まっているに過ぎない。その価値観を肯定されてしまうとなんだか虚しさのようなものを感じてしまう。

「クラブやダンスってのは、いかがわしいものの象徴だろう?」

「え。や。どーっすかね」

「ハハハ。クラブ経営者の私に遠慮することはない。世間一般の印象の話だよ」

「まー。正直言うと、そうっすね」

「実際、昔のクラブじゃあダンスにかこつけて体を擦りつけ合い、体の相性が合う異性を見つけてワンナイト——みたいなこともいまよりずっと多かった。売春相手を探す場でもあったからね。ダンスは現在でこそ、尊い文化のひとつになったけれど、元は性の象徴と言っても過言じゃないわけだ。それに、残念ながら、現在でもまだそういう犯罪の温床になってしまっている違法な店も存在している。取り締まりの強化もあって、だいぶ減りはしたけれどね」

「なるほど……でも、大塚はそういう目的でダンスをやってるわけじゃないような」

「ああ。あの子はただ純粋にダンスを楽しんでいる。このクラブという場を楽しんでいる。〝顔〟にも表れてるだろう？　異性だとか同性だとか、自分の肉体の魅力がどうとか、そういったものを何も意識してない無垢で純粋な〝顔〟だ。本当はまだ光の当たらぬ暗いところのまま、ドロドロした汚い情念が渦巻く犯罪の香りがする空間のままのこの界隈が――お天道様に胸張れる、清らかな場だと信じて疑わない〝顔〟なのさ」

「それが、大塚のえろ……いや、妙な色気の正体ですか」

「ああ。泥の中で健気に、誇らしく咲く花こそが世界でもっとも淫靡な存在のひとつなのだよ」

　男性客の中には〝竜舌蘭〟のダンスをやらしい目で眺める者もいた。だらしない目つきで、視線はあきらかに大塚の露出した脇や腹、ふとももに向かっている。そういった視線を微塵も自覚せず、疑いもせず、ただ己の表現だけに身を捧げる――。そのマインドからくりだされるパフォーマンスこそが、大塚に唯一無二の魅力を与えているってことなのだろう。

「なぜ初対面のキミらにこんな話をしたのかというと」

　オーナーは切なそうに目を細めた。

「〝竜舌蘭〟の――竜姫ちゃんの友達であり続けてほしいからでね」

「どういうことですか？」

「彼女はいま、界隈の仲間内と衝突していてね」

「あー……護国寺なんたらさんとの」

「遥香ちゃんだけじゃないさ。界隈の浄化を望まないたちの悪い勢力や、変化したくないと叫ぶ保守的な勢力にとことん嫌われてしまってるんだ」

「違法薬物、売春、そういうイメージのままでいたい勢力がいるってことですか。何の得があるんだろ」

「損得じゃないのさ。彼らにとってはそこが居場所で、それがアイデンティティなんだ。居場所を脅かされれば攻撃する。人間ってそういうものだろう？」

「わかります」

俺も同じだ。俺は俺と詩歌の居場所を守るためなら何でもする。

「〝竜舌蘭〟が属するヒップホップカルチャーは、いまでこそ漫画やアニメの影響もありハードルが下がりつつあるけど、もともとは娯楽のために金を使えず店にも入れなかった貧困層の間で、俺達は俺達のやり方で楽しむんだ、って思想のもとで生まれてきた文化でな。ギャングとの関係も深く、治安が悪い場所で行われる怖い連中の文化だと一般人には思われてる。――そしてその偏見は、実際半分正しい。ギャングとつるんでナンボってやつらもいてな。反社とずぶずぶの関係になってるような救えないやつらだよ。時代錯誤も甚だしいね」

「千石ライアン、とか」

「おお、千石のことも知ってるのか。いいね。話が早いね、兄ちゃん」

「まあ最近、いろいろありまして」

秋葉の受け売りなのであまりドヤ顔もできない俺だった。

BRAVE（ブレイブ）のスクール生で随一の実力を誇っていたにもかかわらず、ギャングまがいの連中と関係を持ったことで追放された問題児。あくまでも噂（うわさ）でしか知らなかったが、このオーナーの反応からして真実だったのだろう。

「遥香ちゃんも千石みたいなのに惚（ほ）れなきゃ悪い道に行かずに済んだのにねぇ……おっと、話が逸（そ）れたな」

オーナーはあわてて会話を軌道修正する。

「まあそんなこんなでイメージの悪い界隈だ。もっと広い世界に認知され、受け入れられていくためには、変わらなきゃならない――竜姫ちゃんは、そう信じて活動してる。外の文化と積極的にコラボして新しいことに挑戦したり、クラブの健全化を図るために警視庁とのコラボイベントで踊ったり、一八（インパチ）ライブで稼いだ金で、うちみたいに一般客にも安心して来てもらえるような法律遵守の店への支援をしたり。界隈の浄化をひたむきに続けてきたんだ」

「だからギャングまがいの連中や保守的なヒップホップファンからは反発を受けた、と」

「皮肉なもんだよねえ。既存のカルチャーへのカウンターで生まれ、革新的だったはずのヒップホップに、『ヒップホップってこういうもんだろ』って固定観念が生まれて、逆に時代に取り残されていくっていうのは――」

保守的な革新派。
自らをアウトローと定義しながら、凝り固まった界隈のステレオタイプから抜け出せなくなった者たち。

かつては悪いことをせざるを得なかった人間が自分たちの手で表現する方法を探し出し、その結果に生まれた文化だったはずなのに。悪いことなんてしなくていい恵まれた環境の人間が、すでに用意されたレールの上に乗りながら悪事の道に染まっていく。逆転現象。
あまりにも皮肉な構造だと思ってしまう。

「ＥＤＭ、Ｒ＆Ｂ、ヒップホップ。それぞれ源流の異なるジャンルが、いまではミックスされてることも多い。現代のクラブの在り方はそれくらい柔軟だ。だってのに、自分らの文化が混ざりつつあることにも気づいてないような連中が、悪の文化を守るってのを盾に、反社会的行為を正当化してるんだから……ったく、イマドキの悪ガキどもは救えねえや」

オーナーがため息まじりに首を振る。

強面の彼が語ると説得力の塊だった。

「しかし、ただのならず者だけなら、いいんだがね。やはり遥香ちゃんがそこに含まれてしまっているのが、ちょっと気になるんだよねぇ」

「護国寺がギャング側だとなにが問題なんです？」

「〝竜舌蘭〟が壊れてしまわないか、心配なのさ。あの子が無垢なまま踊れなくなったら、あの魅力は消えちまう」

「ああ……」

オーナーの懸念は理解できた。

才能の正体なんて曖昧なものだ。何を根拠に天才が天才たる魅力を放つかなんて誰にもわかりはしないのだ。

歴史に名を遺す天才たちでさえ些細なきっかけでスランプに陥り、たちまち才能の輝きを失うこともあったという。

詩歌だって、なぜ共感覚を持っているのか、なぜ共感覚を使って人の心を打つ歌を歌えるのか、その本当の要因までは理解できていない。

才能はただの結果であり、天才という称号は薄氷の上に建つ城のように心もとないものだ。

友達だった護国寺遥香とのいざこざが、その裏に潜む、悪を良しとするコミュニティの影響が、大塚の輝きを蝕み二度と浮かびあがれぬ沼に引きずりこんでしまう——そんな、悪夢じみた妄想が現実のものとならないだなんて、誰が断言できる？

「キミらは竜姫ちゃんの友達でいてあげてほしい」

「…………」

俺は返事をせず、詩歌を見た。

本当の意味で大塚の友達になれるのは、この物語の傍らに立っているだけの俺じゃない。

同じ天才、集団の中で浮きながらも、どうにか繋がる方法がないかと足掻いてきた詩歌にしかできないことだから。

踊り、輝く大塚をじっと見つめていた詩歌は、おもむろにオーナーを振り返って言う。

「ん。りょーかい」

「ありがとう、お嬢ちゃん。——お礼にもう一杯、奢ってあげよう」

「二杯は、だめ？」

「おっと、交渉上手だ。いいだろう、若者たちのためだ」

「だいじょぶ」

詩歌は無表情で親指を立てた。おでこにのせたサングラスが絶妙にマッチするポーズで、どこか得意気に言い放ってみせる。

「タツのこと、わかった。……タツがいちばん輝ける曲、つくれると思う」

根拠は不明。

だけどそれでかまわないと俺は思う。

結果だけが才能を証明するのだから。

とつぜん何らかのきっかけでそれが失われてしまい、結果を出せなくなるそのときまで、天才である詩歌の根拠薄弱な自信は肯定されるべきなのだ。

＊

クラブの入ってるビルの屋上に出ると、外はもう真っ暗だった。知らない間に夜が来ていたらしい。

都市の煌(きら)びやかな電飾を金網越しに眺めながら詩歌が大きく息を吐いた。

「ぷはっ……空気。うまうま」

「人口密度ヤバかったもんなぁ。落ち着くぜ」

兄妹水入らずの休憩時間——というわけじゃない。

この場にはもうひとりいた。

「あはは！　酔っちゃったーっ？」

天真爛漫に笑って大塚は詩歌の背中を撫でさすっている。さっきまでダンスを披露していたのに大塚のほうはずいぶん元気だ。

「ん。お酒じゃなくて、人に」

「初めてだもんねーっ！　どう？　楽しかった？」

「うん。知らない世界。知らない〝色〟をたくさん見れた。ありがとう」

「い、いやいやいや！　お礼とかいいってば！　ボクのやってることを見てもらえただけでじゅーぶん幸せだしっ！」

照れたようにはにかむ大塚。

周囲の人間に褒められるのには慣れていても、界隈の外側の人間にこうして評価される経験は少なかったのかもしれない。彼女の目指している、より多くの人間にヒップホップ文化が届く世界に一歩近づいた実感も、幸福そうな表情に寄与しているのだろうか。

照れ隠しなのか、大塚は話を変えた。

「それよりどしたの、シーちゃん。屋上でボクに話って……まさか、決闘⁉」

「ちがう」

「ノータイムで決闘が出てくるとかどんなバトル脳だよ」

「じゃあ告白かーっ⁉」

「それもちがう」

「唐突に百合(ゆり)の花を咲かせるんじゃない」

「じゃあ何だよーっ⁉」

「タツのこと、もっと知りたくて。タツはどうして、ヒップホップダンスを始めたの？」

詩歌が訊(き)いた。

質問の内容が意外だったのか大塚はしばらくきょとんとしていた。

すこしばかり頬を掻(か)いてから、「あんま昔話とかしたことなかったなー」と苦笑した。

視線を夜の街へと向けて金網をつかむと、大塚は過去を懐(なつ)かしむような遠い目をする。

「ボクさ、ちっちゃい頃しょっちゅう病気してたんだ。虚弱体質ってやつ」

「えっ」

思わず声が出た。

いまの大塚の姿からは想像すらできなかった。

「小学校のときなんてほとんど入院生活。学校なんて二週間に一回くらい。中学に入って、ようやく体調崩すことも少なくなって、繚蘭に入る頃にはほとんど風邪もひかないくらい丈夫になったんだけどねっ」

言葉を切り、自嘲するように笑う。

「でもそんとき、周りから不良認定されちゃってさ」

「不良……」

「病弱って、あんま知られたくないじゃん？　周囲に変な気を遣わせるのもヤだし、隠してたんだよね。そしたらいつも学校サボってる不良だーって思われるようになってさぁ。友達とかできなくて」

当時を思い出しているのだろう、大塚の目には寂しげなものが浮かんでいた。

「会話する相手と言ったら、病院で知り合ったかなり年上のお姉さんと、そのお見舞いに来てた恋人さんぐらいでね。――ダンスや音楽といったヒップホップカルチャーは、その人たちに教えてもらったんだ」

「まさかの病院つながりかよ」

「と言ってもその人はね、ボクにダンスを教えてくれたわけじゃないし、何か特別なことをしてくれたわけでもないんだ。ただ、病室を訪ねてきて一方的に喋っていくだけだった。『今の日本の若者はダメだ』とか『最近の若い奴は』みたいな話を延々とくり返してさ。正直、ちょっとウザかった」

「……恩師に対する表現とは思えないな」

「最初の話だよ。ボクも最初は適当に相槌を打って聞き流してただけ。だけどあるとき、そのお姉さんのことがふっと気になって、『お姉さんはどうして入院してるんですか？』って聞いてみたんだ。そしたら……」

そこで大塚は、言葉を切った。

「そしたら？」

「そのお姉さん、こう言った。『私は若い頃、ダンサーだったの』って」

「ダンサー……」

「伝説のガールズヒップホップダンサー〝桔梗〟――それがお姉さんの名前。ちなみに、恋人のお兄さんのほうはレジェンド級のラッパー〝Jボウズ〟だって。すんごい偶然だよね、そんな凄い人とたまたま同じ病室に入院してたなんて」

「界隈のファンが聞いたら死ぬほど羨ましがっただろうな。わざと怪我して入院するやつとか出てきそう」

「あはは！　当時のボクがそんなやつを見つけたら、めっちゃキレただろうなー。いくらでも代わってやるよ、あほーっ！　って」

容易に想像できる。それくらい大塚にとって、入院生活はきついものだったのだろう。

「毎日毎日〝桔梗〟さんはヒップホップの話をしてくれた。仲間たちと踊り明かす楽しさ、自分のテクニックを極限まで磨き追求していく深さ。それなのに体を壊してしまい、もう踊れない悔しさ。――いろんな話をしてくれた」

ヒップホップダンス、桔梗、で検索をしてみるとたしかに三十八歳で引退し、それ以来表舞台には顔を見せていないという記事が出てきた。一時期、ヒップホップダンスの世界でカリスマと呼ばれ持てはやされていたが、彼氏であるラッパーの〝Ｊボウズ〟が所属していたグループのメンバーひとりが大麻取締法違反の罪で逮捕され、チームまるごと炎上したのをきっかけに誹謗中傷のメッセージが届いたり、殺害予告をされることが増えた。表向きはプライベートに専念するための引退と前向きな発表をしていたものの、実は精神を病んでしまったのではないかと噂されている。

大塚の話と合わせて推察するに、おそらく過度のストレスから身体にも影響がおよんでしまったのだろう。他人事ながら、可哀想な話だ。

「一方的に話を聞いたり、昔の〝桔梗〟さんの動画を見せてもらってるうちに、だんだん興味が湧いてきて……それでボク、退院する日に思い切って言ってみたんだ。『ボクも、ヒップホップダンスをやりたい！』って」

幼い大塚が勇気を振りしぼる様子が目に浮かぶ。

「虚弱体質なんか知るもんか！　絶対にカッコよくなってみせる！　……って。あはは♪　漫画の主人公みたいだよねーっ」

「その体力は、生まれつきの才能ってわけじゃなかったんだな」

「そうだよーっ。小さい頃の反動！　体質に負けねーぞ、って気合い入れて頑張った！」

努力で駆けのぼった後付けの天才。それが〝竜舌蘭〟こと大塚竜姫の正体ってわけだ。なんてこった。こんなエピソード聞かされたら、推したくなっちまうじゃないか。

「実際、〝桔梗〟さんのおかげで救われたんだー。入院生活を終えても不良扱いで友達はできなかったけど。〝桔梗〟さんにこの店のオーナーを紹介してもらって界隈に入り浸るようになったおかげで、ぜんぜんつらくなかった。ここがボクの居場所なんだって、実感できたから」

不良でもないのに不良扱いされた結果、不良も多く在籍するコミュニティの中に居場所を見出（みいだ）した。結局は大塚は無理解だった周囲の思うとおりの姿になったわけか。巡り合わせというのは奇妙なものだと思う。

「でもヒップホップカルチャーは、年々どんどん小さくなってる。このままだと、たぶんいつか消えてなくなっちゃう」

「完全にゼロになることは、ないだろ。ひっそりやっていくぶんには、文化は残り続けると思うけど」

「大勢の人から知られず、意識もされず、地下に潜んでるだけ……それって、生き残ってるって言えるの？」

「……むずかしい話だな」

言えない。物足りない。ような気がする。

ヒキコモリ時代でさえ、俺と詩歌は何らかの社会的な繋(つな)がりを求めたのだ。

俺はバトルロワイヤル系FPS『EPEX(イーペックス)』で仲間を作り遊ぶことで。

詩歌はVSINGER(バーチャルシンガー)〝シーカー〟として歌を発表することで。

誰からも知られず、意識もされず、ただ家にこもっていたら、俺たちは本当に生きてる実感を得られただろうか？　――答えは、たぶん否だ。

もちろん界隈がどれだけ縮小しようとも、本当の意味で人がゼロにならないかぎりは、完全に社会から切り離された状態とは言えないだろう。だが、そのいつ訪れるかも不明な滅亡の日が刻一刻と近づいてくる感覚に危機感を覚えるのも当然だと思う。

「ボクは〝桔梗〟さんたちが愛した文化と、ボクに居場所をくれた文化をずーっと残していきたいんだ。だからこそ、生き残り続けるために、界隈を変えていきたい……なーんて、こんな真面目なこと考えるキャラじゃないんだけどねっ」

そう笑って、大塚はビルの下に目を向けた。

光の差さない袋小路で、酩酊状態の若者が数人でたむろしている。路地の先から人目を忍んでやってきた男がその若者たちにお金を渡し、代わりに紙袋を受け取っていた。中身の想像は、したくない。

「ああいうやつらがいるとさ、ふつうの人は怖がっちゃうんだ。半グレだかギャングだか知らないけどさ。そーいうのは良くないって、誰かが言わないと」

「で、千石ライアンや護国寺遥香にもそう言った、と」

「あーっ！　ガッくん、ボクのことオーナーに聞いたな！」

「向こうが勝手に話してくれただけだよ。……千石や護国寺だけがワルに染まったからといって、界隈全体がワル認定されるのは理不尽だけどな」

「でも人ってそーゆーものだよ。〝桔梗〟さんや〝Jボウズ〟さんは何も悪くないのに、あんなにバッシングされたんだもん」

「ま、たしかにな」

「いまはまだいいと思うんだ。元BRAVEのスクール生で繚蘭の生徒っていうだけなら、広く一般の人にまでは知られてないし。だけどこのままライライが成功して有名になってったら、いつか悪い人との関係がバレて世間からたたかれる。ヒップホップの〝顔〟は、もっかいつぶされて、悪の文化だって偏見を持たれちゃう」

ライライってのは千石ライアンの愛称か。元は仲が良かったからかもしれないが、対立する派閥の人間をも愛称で呼んでしまうあたり大塚らしいな。

逆に〝桔梗〟や〝Jボウズ〟はきちんとさん付けで呼んでるのは、レジェンドへの深いリスペクトを感じる。

「だからガッくん。シーちゃん。ライライに負けないで。あいつが反省して、悪いやつらと手を切るまで成功してほしくない。『繚蘭サマーフェス』の特設ステージに上がらせたくない」

自分の成功を望むのとはちがう、ネガティブな願い。

常にポジティブなやつの口から発せられると、思わずぎょっとしてしまうような言葉。

だが、それゆえに俺にはしっくりくる。

四六時中笑顔を見せられていたときは、正直大塚のことがよくわからなくて、逆に壁を感じていた。

負の感情なんて誰にでもある。笑顔で塗り固められた壁の向こう側にあたりまえのモノが眠っていたと知れて、これまで浮世離れしていた大塚竜姫という人間が一段階生々しく、等身大に感じられた。

詩歌にとっても同じだったのだろうか。大塚の過去の告白を聞いた詩歌は澄んだ目で、夜を憂う友達をじっと見つめていた。

懇願の声、その〝色〟が。詩歌の目には、どう視えているのか。

小さな唇が言葉を紡ぐ。

「勝つよ」

シンプルなひと言。

怠惰、逃げ腰、内気の塊である詩歌による強い言葉での断言。

それは誰よりも近くで詩歌と過ごしてきた俺だからこそ意外に思えて、彼女の顔を見る。

こくり、と無表情のままうなずいて、詩歌は言う。

「クラブを見て、わかった。タツの好きな文化の、いちばん大切なこと。わたしたちと、どこがちがうのか。なんとなく、だけど」

「シーちゃん……」

「歌は、歌い手が主役。自分の〝顔〟をどう見せるかを考える。だけど、ダンサーは、逆。

お客さんの〝顔〟を見るのがだいじ。舞台の上で、動画の中で、意識しなくちゃいけないことが、ぜんぜんちがった」

己の深い部分で醸成したモノを一方的に魅せつけるのがアーティストの在り方。

客はあくまでも届けられた作品を受け取り、受け身で触れる。

歌に相手を引きこんで、没頭させ、夢中にさせてこそ一流と呼ばれる世界。

しかしダンスはちがう。踊り手は言うなれば先導者。客はダンサーにつられて踊りだし、双方向に盛りあがっていく。

ダンスで大衆を魅了し、場を最高潮にくるわせ、踊らせてこそ一流なのだ。

同じ、音楽が絡んだ文化ゆえに近い性質を持つかと思いきや、その実、根っこのところはズレている。そしてその些細なズレこそが、ミュージシャン学科の人間がダンス界隈に刺さるモノを直感で作れなかった最大の要因だった。

しかしそれを理解した、いまの詩歌なら。

「タツの大好きな文化。わたしの大好きな音楽。いいとこどりして、もっと上を目指せる」

「シーちゃん……！　ありがとうっ。ほんとに、ありがとね……っ！」

大塚の顔に笑顔が広がる。いつもの笑顔とはちょっとちがう。

噛み合わない相手でもどうにか場を盛りあげようとする、しっかりと塗り固められた、コミュニケーションのための笑顔じゃない。

心の奥底で芽生えた、理解者を得られたうれしさが表にあふれてしまったような、自然な笑顔だった。

*

さて、天才である詩歌が活路を見出した以上、期末考査向けの動画のクオリティは保証された。

まだわからないだろうって声が聞こえたら、誠心誠意「うるせえばーか」と答えさせていただこう。

俺は作品の出来に関与できるような人間じゃない。詩歌がやれると言ったらやれるし、無理と言ったら無理。それにただついていくだけの金魚のフンみたいな存在が俺だ。

詩歌の言葉を疑う選択肢など初めからないのだ。

動画については、もういい。ここから先、俺は裏方の仕事に全力を注ぐべきだ。

詩歌の才能が、確実に発揮されるように。確かな結果を残せるように。

凡人たる俺は小癪(こしゃく)な小細工を仕掛けていくことを画策する。

千石ライアンはファッション学科1年首席の原宿亜寿沙を味方につけている。彼女からの衣装提供という圧倒的な話題性を武器に期末考査に挑んでくるわけで、実力一本の勝負ではやはり心もとない。

「――って、わけで。ふたりに協力してもらいたい」

深夜。自室にて。

俺はPC画面を前に、ヘッドセットのマイクに向けてそう言った。

画面の中ではWIZCODE(ウィズコード)のグループ通話機能が立ち上がっている。リモート会議である。

相手はゲーム仲間のジークさんと、学校の友達、秋葉原麻奈。

「いやはやまさかこの歳(とし)でJKと連絡先を交換することになるとは。ご、ご安心めされよ、秋葉殿。拙者、『イエスロリータ！　ノータッチ！』の精神ゆえ……」

「いえすろり……？　え。なにそれ、なんかのネットスラング？」

「かぽぉっっ……！　唐突に突きつけられるジェネレーションギャップぅ‼」

「あはは。よくわからんけど、おっさんおもれーな」

互いに初対面（通話だけで顔を合わせていないので厳密には初対面ですらない）なのだ

が、このふたりは意外と相性がよさそうだ。会話は噛み合っていないが、それでも互いに好印象といった雰囲気である。

いいことだ。

大事な作戦を遂行する仲間なのだ、仲良くしてもらわなきゃ困る。

「じゃあ、さっそく説明します——」

俺はジークさんと秋葉に、期末考査攻略のための戦略を伝えた。

三人で共謀し、ある仕掛けを打ちたい、と。

「ぬはは。おもしろいこと考えるじゃねーか、楽斗」

「ククク。ガクガク殿、おぬしもワルよのう」

作戦を聞いたふたりはシンクロするようにほぼ同時に、極悪人の笑みを浮かべた。

いや、声だけなので本当に浮かべたかはわからないが、声からしてあきらかに浮かべているから断言させてほしい。こんな下衆な声を出しておいて、笑ってなくて無表情だったらとんだポーカーフェイスだ。そんなこと訓練されたスパイにしか無理だろう。

だから俺も彼らに合わせて悪い笑みを浮かべてみせた。

「頼みましたよ、ふたりとも。——悪を以て、悪を征す。俺たちの巨悪で、たっぷりとやつらにわからせてやりましょう」

第5話　革新と尊敬の狭間（はざま）

そしてついに7月14日——期末考査の期間に突入した、初日のこと。

夕方。放課後の時間帯。

今日は平日なので本当ならまだ学校にいる時間なのだが、俺は自室でスマホを眺めながらゴロゴロしていた。詩歌（しいか）も、自分の部屋にひきこもっている。

もちろんサボりである。

私立繚蘭（りょうらん）高校は普通高校と異なり単位の取得方法が特殊だ。一八（インパチ）ライブの数字が優れていて、在学中に芸能分野で結果を出せばそれだけで評価される。逆に、どれだけ真面目に出席していようと結果を伴わなければ落第。だから俺たちの行動もべつに咎（とが）められたりはしない。

だが休んでいたのは、怠惰からではなくて。

昨夜、詩歌が作曲の最後の工程を終えたからだ。

いまは疲れ果てて部屋で爆睡しているが、目覚めたら俺もかかりきりで見ててやる必要がある。

はてさて今回はどんな副作用が出るのか……。

と、そのとき。ピロン♪　とスマホの通知音が鳴った。

『もうすぐ着くよーっ！（絵文字がたくさん並んでる）』（その後スタンプ連打）

大塚からのメッセージだった。どうやら彼女はもう我が家の近くにいるらしい。

そう。今日、俺は大塚を呼び出していた。詩歌の渾身の新曲を聴かせるためだ。データを送れば事足りるといえばそれまでだろうと俺は思っていたが、詩歌によればどうしても大塚本人の顔を見たいということだった。

理由を聞いてみたら、大塚に本当の意味で満足してもらえる曲として仕上げたいから、だそうだ。メッセージアプリ越しのコミュニケーションでは、大塚の表情や彼女の声から真意を読み取ることができない。詩歌の曲の善し悪しに関係なく、自分の意見をぐっと呑み込んで、不満を残したまま受け入れてしまう。

詩歌は、それを望まなかったのだ。

とはいえ曲の完成直後、学校に行くのもままならないから、こうして大塚を家に呼びつけた。

我が妹ながら不遜なのか謙虚なのかわからないやつだ。

「了解っと……」

返信を送りつつ立ち上がる。玄関まで迎えに行ってやろう。

「……」

靴を履いて外に出ると、ちょうど大塚が道の向こうからこちらへと歩いてきていた。

俺を見つけるとパァッ！と顔を輝かせ、「ガッく～ん！」と駆け寄ってくる。

「お出迎えありがとーっ！　元気かーっ⁉」

「おかげさまで。そっちはどうだ？」

「絶好調だよっ。曲の完成に向けて体は仕上げてきたからね！　体が軽い軽い～♪」

「唐突に道端でブレイクダンスすんな。服とか汚れるだろ」

「これくらい日常だよーっ」

そう言いながらアスファルトの上でぐるんぐるんと逆さになって回転し続ける大塚。

や、どうなってんだ、こいつの体。柔らかすぎだろ。

「いまから俺らんちに上がるのに服を汚すなってことなんだが」

「あーっ！　しまった！　その発想はなかった！」

「まったく、しょうがねーなー。……まあいいや、あとで掃除するし」

秋葉がな。

「ほら、とりあえず入ってくれ」

「おっけぇ！」

俺は彼女を家に招き入れた。

リビングに通すと、大塚はこたつの前にドカッと座り、あぐらをかいたままやじろべぇのように右へ左へぷらぷらゆれる。

「で、新曲できたんだよね！　プリーズ、プリーズ」

「ああ。詩歌はまだ起きてきてないから、とりあえず先に聴いててくれ」

俺はそう言ってスピーカーの電源を入れた。スマホを取り出し、ＷＡＶＥデータを再生する。

ヘッドホンではなくスピーカーで聴かせるのも、詩歌の指定だ。おそらくこれもダンスに対しての理解を深めたからこその配慮。もっとも本番に近い形で聴いてほしいという、詩歌ならではの思いやりだろう。

「あれ、もしかしてこの曲……」

大塚が、妙な顔になった。

「『GETDOWN NO FEEL』からインスパイアされてる？」

「知らん。俺は詩歌がどう作ったのかまではノータッチなんだ」

「そっか……でもこれ、偶然じゃないんだろうな」

「その曲、有名なのか？」

「〝Jボウズ〟さんの曲なんだ。あのひと滅多に新曲を発表しなかったんだけど、たまに曲を書くと激熱でさ。〝桔梗〟さんもこの曲で踊るのが好きだった、って思い出話をしてくれたっけ。……シーちゃん、いろいろ調べてくれたんだろうなー」

「かもな。あいつ、大塚にいちばん似合う曲を作るって、気合い入れてたし」

「えへへ。うれしいなー」

照れくさそうにはにかむと、大塚は目を閉じて音楽に耳を傾け始めた。

やがて曲が終わり──顔を上げると、大塚は静かに涙を流していた。

「……っ」

「え。ちょ。感動は大げさじゃないか？」

たしかに詩歌の曲は素晴らしい。

だが今回はダンスのために意識して作られた楽曲で、泣かせることが主目的ではなかったはずだ。

それなのに大塚のつぶらな瞳からは、ぼろぼろと大粒の雫がこぼれ続けている。

「悲しい曲、なのか？　俺にはわからない文脈で——」

「ううん、違うの。なんか、ほっとしちゃって」

「ホッと？」

「ボクはボクのままでいいんだよ、居場所はあるんだよって。お母さんに、背中を撫でてもらってるような。変えたくないもの、変えなきゃいけないもの。いろいろなものに邪魔されて、自分を疑いたくなるときもくるけど、それでも前に進めって。〝桔梗〟さんたちの創り上げたものをベースに、いまの時代を生きるボクらならではの感性を乗せてる」

そう言うと、大塚は涙を拭いて笑みを浮かべた。

「シーちゃんが、そう作ってくれたんだと思ったら……なんだか、安心して泣いちゃった。……あはは、おかしいかな？」

「いや、おかしくないと思うぞ。妹は天才だからな」

「ありがと、ガッくん。あ、でも、どうしよ。シーちゃんにどんな顔でお礼言おっかな。いま顔見るの、めっちゃ照れる」

「心配すんな。もう遅い」

「え？」

俺の太鼓判に、大塚がきょとんとした。

詩歌の部屋のドアを指さしてやると、大塚はバッとそちらのほうを見た。

寝起きの寝癖頭、目の下のくま、よれよれの夜着。ここ数日、風呂をサボった体からはお日様を三時間浴びたハムスターみたいな香りがする。けっしてくさくはないが、どことなくかわいらしく野生みのある匂いだ。

とにもかくにも人前に出られる姿とはほど遠い状態で、詩歌がそこに立っていた。

詩歌は数秒、じーっと大塚を見つめたかと思うと、それこそハムスターのような勢いで床を蹴り、一瞬で彼女に迫った。

「聴いた？」

「う、うん。聴いたよ」

大塚がたじろぎながら答える。いつもは自分がやっているゼロ距離コミュニケーションを詩歌にやられて、どう対処すればいいかわからないようだった。

「どうだった？　いい曲だった？　いいダンスを踊れそう？」

「う、うん。かなり好き。なんならボクにとって、人生で最高の曲かもしれない」

「ほんとうに？　やった。うれしい。タツ、大好き」

にっこりと微笑んで詩歌は大塚を抱きしめた。

いきなりの行動に大塚が「え！」と困惑の声をあげると、すがるように俺を見てくる。

「な、なんかシーちゃん、キャラ変わってない⁉」

「曲を作った後はいろいろと精神ぶっ壊れるんだよ。……いちおう、今回はかなり控えめな症状だ。正直、ホッとしてるよ」

「そ、そうなんだ。なんか、ゴメンね。大変なのに、作らせちゃって」

「気にすんな。今回は100パーセント自分自身との対話ってわけじゃなく、大塚のことを掘り下げての作曲だったからな。そのぶん症状の出方がいつもよりはマシなんだと思う」

「シーちゃん、どうしたら元に戻るの？」

「時間が経てば勝手に元に戻る。しかも今回は、詩歌のコレも利用できるかも」

「どゆこと？」

不思議そうに瞬きする大塚。

言葉の真意を話そうと俺が口を開いたとき、詩歌は大塚からするりと離れて台所のほうへとふらふらと向かった。

「ドーナツ、カップラーメン、ドーナツ、カップラーメン」

呪文を唱えるように言いながら引き出しを漁り、保存してあったカップ麵とおやつ用のドーナツを大量に抱えていく。両腕いっぱい、あふれんばかりの食糧に俺はすかさず釘(くぎ)を刺した。

「こら。食べすぎはNGだぞ」

「やだ。食べる」

「ドーナツもカップ麺も一個ずつならいいから。ほら、二個目以降はこっちに渡しなさい」

「やーだ！　……はむっ」

近づいてくる俺を拒絶するように背を向け、腹の内側に食糧を抱えるようにうずくまる。バリバリとドーナツの包みをやぶって、中身にかぶりつき「はぐはぐ、はぐはぐっ」と、あわただしく咀嚼(そしゃく)した。まるでチーズに食らいつくネズミみたいなしぐさだ。体臭だけでなく行動までハムスターである。

「やれやれ」

俺は頭をかきむしると、詩歌の背後に回り込んだ。

「こーら。ダメだって言ってるだろ」

「むー！」

「そんなに食べたら太るぞ。ただでさえ最近、ちょっと肉付きがよくなってきたんだから」

「むー！　むー！　むー！」

「痛っ！　おい、噛むな！　やめろ！」

食糧を奪い取ろうとしたら、詩歌が腕に噛みついてきた。

縄張りを荒らされた野生動物のごとく、じたばた暴れる。

「やーっ！　やーっ！」

「わかった！　わかった！　もう言わない！　好きに食べていいから！」

「むふーっ♪」

あきらめて暴食を許可すると詩歌は満足そうに鼻息を漏らした。

はあとため息をつきつつ、大塚を振り返る。

「すげえパワーだろ？　ふだん筋トレしてる俺が力負けするレベルなんだよ」

「ほえー。いつものシーちゃんからは想像できないね」

「そう。でまあ、これがいちばん大事なんだけどさ。――この暴食っぷりって、つまりは自己破壊の行動なんだよな。あえて体に悪いことをしたがるようになる。たぶん大人が酒や煙草がやめられなくなったり、悪いやつがドラッグ漬けになるのと同じ感じ」

「ええーっ！　なにその怖いやつ⁉」

「だから危険なんだよ。軽めの症状だから暴食で済んでるけど、ガチで病んだらマジで死ねることしかねないからなぁ」

目が離せない。

ただ、裏を返せば、その詩歌の性質は武器にもなる。

「いまの詩歌は自分の体をいじめたがる。いつもなら疲れたら休もうとしたり、ちょっとでもつらいことがあったら諦めるところを、限界突破で動けるんだ。つまり――」

いったん言葉を区切ると、大塚もハッとした顔をする。

何が言いたいのか理解した大塚と俺は、ニヤリとした顔を突き合わせると、ほぼ同時にこう言った。

「「ダンスにピッタリ!」」

*

「さて、今日はいよいよ考査用の動画を撮るわけだが――」

翌日の放課後。

俺と《渋谷軍団》の面々は学校のレッスンスタジオに集まっていた。

鏡張りの壁の前でずらりと並ぶのは、詩歌、渋谷、秋葉、狛江の四人。

狛江の作曲も大塚の振り付けも先週のうちに終えていて、各々レッスンも済ませている。

振り付けはすべて頭の中に入っているはずだ。

準備万端。あとは実行するのみ。

俺は足元の段ボールを開けて、中に入っていた衣装を広げてみせた。

「──みんな、まずはこれを着てほしい」

第一印象は、黒。

モチーフは、悪。

女子陣は悪女らしく、狛江はうさんくさいジョーカーめいた服装で、物語の敵役を彷彿とさせるデザインだ。

「それ……衣装……いつの間に用意したの……!?」

「俺のセンスで適当に仕入れてきた。曲にも合うはずだ」

「黒尽くめ！　くぅ～少年心がくすぐられるぜ！」

「かっこいい」

目を輝かせる秋葉と、淡々と感想を述べる詩歌。テンションは真逆だったが、ふたりとも嫌がっている様子はない。よかった。

さっそく4人には更衣室で着替えてもらうことにした。

5分後、着替えを終えた4人がレッスンスタジオに戻ってくると、それぞれの姿を見て、俺は思わず「おお……」となってしまう。

まず詩歌。

黒い革製のビスチェドレスと網タイツ、さらにロングブーツ。ボンテージファッションよりは露出度を控えめに抑えてあるが、それでも基礎の発想がそれに近いのもありかなり刺激的な衣装だった。

「肌、すーすー。いろいろ、まるみえ」

「だいじょうぶ。さすがにそこまではエロくない」

妹にお色気満載の衣装を着せるわけもなく、きちんとギリギリ健全と呼べる範囲に収めている。兄(あに)の紳士さを侮(あなど)らないでいただきたい。

次に渋谷。

基本は詩歌と同じ方向性。だが詩歌よりも一段階露出が多めになっていて、ぱっくりと割れたスリットから白いふとももが大胆に覗(のぞ)いている。胸のあたりも、豊かな谷間が強調されるほどだ。

「あ、あんまりじろじろ見ないでよ。これ、微妙に恥ずかしいんだけど」

「ふだんの服装も攻め攻めだろ。ギャルのくせになに及び腰になってんだ」

「ここまでの露出はしてないし！　てか、ギャルに対しての偏見ひどっ！」

渋谷の文句を軽く聞き流して次は秋葉だ。

こちらは詩歌と渋谷のものに比べるとゴスロリ風味が強く、小悪魔っぽい雰囲気。童顔、寸胴、低身長とある意味三拍子揃っている秋葉によく似合っている。

が、この衣装。どちらかというと──。

「メイドじゃねえか！　おいこら楽斗、やっぱうちのこと馬鹿にしてるよな⁉　なんでも言うこと聞く便利なメイド扱いしてるよな⁉」

「馬鹿言うんじゃねえ！　俺がどれだけおまえを大切にしてるか、わからないのか⁉」

「が、楽斗……？　なんだよ真剣な顔して。まさかおまえ、本気でうちのことを──」

「あたりまえだろ。俺にとって秋葉は、大切な──」

「楽斗……」

秋葉の喉がごくりと鳴る。微かに赤らんだ頰。ゆれる瞳。

何かを期待するような秋葉へと、俺はイイ笑顔で言った。

「──生活に不可欠なメイドだぜ☆」

「死ねカス」

「いでででで！　立てた親指を折ろうとすんな！」

ものすんごい握力で親指を握られた。

小柄な肉体のどこにそんな力が眠っていたのか知らないが、まさかこれもダンス練習の賜物（たまもの）なんだろうか。

「最後はオレだな。フフ。この悪役スーツ、クールすぎて女の子からモテ――」

「んじゃさっそく撮影はじめるぞー」

「オレへの言及はなしかよ⁉」

「野郎の衣装を詳しく語ったって需要ないだろ。わきまえろ」

「ひでえ！　めちゃくちゃ気合い入れて作曲したのに！　扱いが最底辺すぎないか⁉」

「曲は超最高だったよ。超クール。スマホに入れて何度もリピってる」

「え。あ。お、おう。ありがと……な？」

素直に曲を褒めたとたん、狛江の表情がふにゃりと柔らかくなった。

我が愛する妹、詩歌に恋心を抱くイケメン野郎を喜ばせるのは癪（しゃく）だが、実際に、狛江が完成させた曲を聴いて感動してしまったんだからしかたない。天才の妹の兄でいる以上、才能には寛容であれってやつだ。

「まぎれもなく天才の仕事だった。〝五線譜の王子様〟の名は伊達（だて）じゃないな」

「や、やめてくれよ。照れるだろ、ストレートに褒められたらさぁ」

「だが才能以外はなにひとつ認めんぞ。妹はやらんし、顔面も許さん」

そして衣装にも触れん。

「ぐ……厳しすぎるぜ、兄貴……」

「誰が兄貴だ——でもまあ、とりあえず全員、準備はできたみたいだな」

俺は満足してうなずくと、みんなを見渡して言った。

「んじゃ、さっそく始めるぞ」

*

「いい？　いくよ！　ワン、ツー、スリー」

渋谷のカウントに合わせ、詩歌たちがポーズを取る。カメラに背を向けた状態で、顔を半分だけこちらに向けたまま制止。漆黒の衣装も相まって、かなりスタイリッシュな導入だった。

狛江の曲が流れだす。

単調なドラムとシンセサイザーの音。鼓膜を伝う重低音。複数のメロディが混ざりあい、内臓をふるわせてくる。

時に美しく整列された音、時に鉱石の分子結合のごとく歪な不協和音。

目まぐるしく変化していく音に脳がくるわされて、だんだんと気持ちよくなってくる。

耳から直接脳に繋がる電極をブッ刺され、脳細胞の細かいところに物理的に電子ドラッグをぶちこまれているかのよう。

硬質で、クールで、夜の街を駆けるアウトローたちの息遣いさえ聞こえる音だ。

詩歌たちのまとう黒の衣装が完璧に調和している。

そこからの詩歌たちのダンスは、圧巻だった。

しなる指先、弾む肢体。激しくも優美で繊細。流れるような動きは、まさに流麗。

緩急を自在に操りながら、しかしまったくスピードを落とすことはない。

悪の女幹部が魅せる華麗なる演舞。民衆を魅了し、悪さえ罰する巨悪として胸を張る。

曲も終盤にさしかかると、詩歌たちはステップを踏みつつ体を回転。そのままスカートの中身が見えるんじゃないかという勢いで足を高々と蹴り上げた。

クラブで目の当たりにした、観客を煽動するためのダンスともまたすこしちがう。

観客を盛りあげることを第一とした、ダンスの文化を継承しつつも。

己の〝顔〟を魅せる、アーティストの側面も取り入れている。

文化の融合。更なる高みへ至る何かが、そこにあった。

不安だった詩歌も精神錯乱が良いほうに作用しているのか、動きにはキレがある。心の持ち方ひとつで、こんなにも割り切った思いきりのいい足さばきができるようになるとは。人間のメンタルがいかに大切かがよくわかる。

秋葉もプロレベルとまでは言わないまでもなんだかんだで最低限踊れてる。器用なやつなんだろう。

渋谷と狛江に至ってはさすがというかなんというか。もともとのスタイルの良さもあり、同性でさえ憧れるカッコよさ。強い生き様を感じる一流の姿を披露してくれた。

「すげぇ……」

思わずこぼしてしまう。

正直、俺もちょっと驚いていた。

俺はこれまで妹の詩歌の、歌い手としての卓越した才能をよく理解しているつもりだった。だがその認識は、あくまでただ百面体ダイスの一面を見ていたに過ぎなかったのかもしれないと思い知らされた。

俺が知っていることはほんの一部にすぎない。

本当の詩歌は、もっとずっと——幅広くて、底が深くて。

可能性に満ちあふれているのかもしれない。

そして、《渋谷軍団》の動画は完成した。

今度こそ確かな手応えと、すべてをやりきった満足感とともに。

＊

「不安だ不安だ不安だ不安だ不安だ……」

「乃輝亜（のきあ）、心配しすぎ。アタシらはアタシらにできる最高のパフォーマンスをしたでしょ。どっしり構えてなさいよ」

「い、いいだろべつに。エリオちゃんだってコーラのグラスを持つ手、カタカタふるえてるじゃないか」

「なっ……ち、ちがっ……これは武者震いだっての！」

放課後、渋谷と狛江を連れて俺と詩歌は池袋（いけぶくろ）家のアパートに帰ってきていた。

学校で撮ったダンス動画をうちのＰＣで編集し、祈るような気持ちで一八ライブに投下。

いまは動画の初動の反応、結果が出るのを四人で待っていた。

秋葉の姿はここにない。彼女はこのあとすぐにやることがあると言い、ひとりで帰っていった。

不安がる渋谷と狛江を安心させるように俺は言う。

「安心しろよ。あの出来なら大丈夫だ」

「クオリティには自信あるけど……千石(せんごく)側は原宿亜寿沙(はらじゅくあずさ)とのコラボがあるのよ？　話題性で負けちゃうんじゃないかって……」

「自信家の歌姫もことダンスにおいてはしおらしいんだな」

「べつに、自信家とかじゃないし。アタシはただ事実を話してるだけ。アタシの歌が最強なのは事実だし」

「ま、心配すんな。もうすぐ仕掛けが発動するから」

「仕掛け？」

「ほら、始まるぞ」

俺はスマホで一八ライブを起動すると、５秒前に開始された、ある生配信を開いた。

『マナマナの繚蘭高校まとめチャンネルへようこそ！　今日はビッグなお知らせをするぜ！』

「麻奈!?」

「ダンスを撮影した直後に生配信って、麻奈ちゃんもパワフルだねぇ」

画面に映った見慣れた顔に、渋谷と狛江は驚いた。

だが、俺は内心ほくそ笑む。

おいおいふたりとも、まだ驚くのは早いぞ？

『なんと本日はミュージシャン学科とファッション学科1年首席、原宿亜寿沙とのコラボだあああああああ‼ 特別ゲスト、入場おおおおおお‼』

『こんにちは〜。原宿亜寿沙です〜』

「…………え？」

画面端からぴょこんと飛び込んできた、ふんわりおっとりお姉様な女子生徒──原宿の顔を見て、狛江が完全停止した。

そして渋谷も。そのあまりに予想外な展開に絶句し、数秒後。

「原宿亜寿沙ぁ!? なんでぇ!?」

「ちょ、エリオちゃんうるさ！　耳元で大声やめろってば！」

「誰が騒音魔神よ！　ジャイアン扱いすんな！　いやそれはどうでもよくて！」

大声で叫ぶと渋谷は俺の肩をつかんで詰め寄った。

「どういうこと⁉　なんで原宿亜寿沙が麻奈とコラボしてんの？」

「ちがうぞ。秋葉とのコラボじゃない」

「へ？」

「言ってたろ。ミュージシャン学科とのコラボ、って」

『さっきアップロードされた期末考査向けのダンス動画は、じつは原宿亜寿沙のデザインした衣装でした！　概要欄にその動画へのURL貼ってあるからいますぐ飛んでって確認してくれよ？　チャット欄にも固定コメしとくぜ～』

『うふふ。わたしはもう観たわ～、素敵な動画。わたしの作品の中でもお気に入りの衣装だったから、最高の形で使ってもらえてうれしいわ～』

『おおうれしいこと言ってくれるね！　……まあ、うちが何故かメイドだったのかだけは物申したいけど』

『いいじゃない、メイドさん。麻奈ちゃんも、かわいかったわ～』

『そ、そっすか。あ、あざっす……そ、それよりこれ！　これがその例の衣装！』

　褒められた経験に乏しい秋葉は照れて声を裏返しながら、脇に用意してあった黒の衣装を拡げてみせた。

　とうぜん、さっき動画撮影で使った衣装である。

「えっ、えっ、あれ原宿亜寿沙のデザインだったの⁉　あれ？　でもあの子、千石たちに衣装を提供するはずだったよね⁉」

「そうだよ。新作衣装はあいつらのものだ。その事実は何も変わってない」

　驚き混乱する渋谷に俺は説明した。

「原宿が入学してからいままでに作ってきた、言わば旧作——その中から、狛江の音楽と大塚の振り付けにピッタリ合うものを選んでもらったんだよ」

「旧作……でもそんな使い回しみたいなの、視聴者が納得するわけ？　千石たちには新作を提供してるし、話題性には乏しいような……」

「納得ねえ。でもこれが旧作だって気づけるの、かなりのマニアだけだぞ」

「え？」

「ファッションショーで発表されただけの新作を認知してる人なんてどれだけいると思う

よ。ほとんどの一般人は、店に流通したりニュースになったりして初めて新作デザインが出たことを知る。——つまり、この衣装はほぼ初お披露目に等しいんだよ」

「そうか、そういうこと……！」

ようやく渋谷も理解したようだ。

認知の時差。

業界ではありふれたテンプレとなった頃に、テレビで最新の流行と報道されるように。

その世界に身を置く人間と一般の人々の間では、時間の流れが同じようで異なっている。

ファッションの祭典ではお披露目していた作品も、ほとんどの一般人にとっては未知の作品。それを新作であるかのように思わせれば、千石たちと同じ土俵で勝負できるのだ。

しかもこのコラボは原宿にもメリットがある。業界の内側では認知されつつも、一般に認知されずに需要が伸びず、店舗に並ぶことなく半ば死蔵状態にあった己の作品を広めることができるのだ。

思惑通り、コメント欄は大盛況。

——きたあああぁ！《渋谷軍団》最強！

——原宿亜寿沙とコラボとか、神ってんな？

——なにこれＡＺＵの新作ってこと？　うわ～クールでカッコいいんだけど！

――ダンス動画観てきたよ！　ノキアのヴィラン姿やばい！　推せる！

――渋谷エリオも池袋詩歌もエロかっこいいよね。衣装でめっちゃ化けた。エモい。

――秋葉原麻奈って子はよく知らなかったけど、なんかかわいい（笑）

――この配信にきといて「よく知らない」は草。ＡＺＵ目当てできた新参か？

ミュージシャン学科とファッション学科、両方の頂点による大型コラボを目の当たりにした視聴者の興奮が伝わってくる。

興奮は興奮を呼び、話題は数珠つなぎに連鎖し、一八ライブの急上昇ワードに躍り出る。

ＰＣで開いていた動画のアナリティクスも、リアルタイム再生数がぐんぐん伸びていき、イイネも大量についていた。

「すごい、どんどん伸びてく！　うわ、うわっ、ほら見て乃輝亜も！」

「あ、ああ。こんな数字初めて見た。一般ユーザーのほうでも『最速で踊ってみた』って動画が上がり始めたぞ。オレたちのダンスを真似しようって流れが生まれてる」

爆発的なバズを目にして渋谷と狛江がはしゃぐ。

仕掛けがうまく機能した満足感にニヤつく顔を見られないよう、俺はさっと横を向いた。

そして、気づく。

自分のスマホで一八ライブを開いて動画を再生中の詩歌が、嬉しそうな顔で目を細めているのに。

いい顔だ。その顔を見れただけでも企画を考えた甲斐があったと思う。

とはいえこれが実現したのは他ならぬ詩歌たちの努力、そして徹底的に文化と向き合った狛江のおかげだ。

一度は俺たちとのコラボを拒絶した原宿だったが、ヒップホップカルチャーを学び直し、質を高めた姿を見て考えを変えてくれたのだ。そもそも衣装提供について、原宿亜寿沙はこんなことを言っていた。

『ファッション学科は衣装を提供した動画の再生数とイイネ数で評価される……けれど、それが1つの動画でなければならないルールは特にないのよね～』――と。

つまり複数の動画に衣装を提供すればするほど有利になるのだ。彼女は彼女のポリシーとして、自分が提供するに足ると判断した相手にしか衣装を渡したくなかっただけで千石ライアンだけに与するつもりなど最初からなかったのである。

つくづく計算高くてしたたかな人間だ。原宿亜寿沙という女子は。

「あ！　でも待って！」

ふと渋谷が声をあげた。

「千石たちも動画をアップしてきたよ⁉　これ、ヤバくない？」

「本当だ……原宿亜寿沙の本当の新作はこっちだぜ！　みたいなアピールをしてる」

狛江のスマホでは千石陣営の動画が再生されている。画面の中では厳つい髪型と分厚い肩幅の屈強な男たちが、ワイルドな衣装を身にまとい、ハイレベルなダンスを披露していた。

元BRAVEのスクール生という肩書きは伊達ではなく、ステップもキレも段違いだ。

原宿亜寿沙の衣装もやはり一流の仕事で、彼らのダンスや音楽にふさわしいオスの魅力を引き立てる力強いデザインだった。

だが、にもかかわらず、千石陣営の動画に対する反応は鈍い。

――《渋谷軍団》の二番煎じじゃね？

ファッション学科全体と原宿亜寿沙でコラボしたってことかな。よくわかんない。

そんなふんわりしたコメントが多く、盛りあがりに火がついていなかった。

計画通り。俺は悪い笑みを浮かべる。

「ククク。だよなぁ。こうなるよなぁ」

「ど、どういうこと、楽斗？」

「千石陣営は、満を持して動画を公開したわけじゃない。秋葉の生配信を見て、あわてて後出ししてきたんだよ。何せあいつらはもともと考査向けの動画がいちばん多く投稿される初日という激戦区を避けて、三日後に投稿し話題をかっさらっていく作戦を立ててたんだからな。あいつらまさか俺らが先に原宿亜寿沙とのコラボを発表してくるなんて夢にも思わなかったんだろうよ。いや～、うろたえる顔が目に浮かぶね」

「そ、そうなの？　でもどうして千石たちの投稿予定なんて知ってるわけ？」

「企業秘密♪」

「ええーっ⁉」

何せやってること自体は極悪。ジークさんに千石のアカウントをハッキングしてもらい、投稿予定をぶっこ抜くという世が世ならというか現代でも余裕で犯罪おまわりさんこっちです案件である。真実は俺の胸にだけそっとしまっておくことにしよう。

こうして詩歌たちの作品と俺ら裏方の策が見事に噛み合って、再生数とイイネは爆伸びし――《渋谷軍団》の『繚蘭サマーフェス』特設ステージ使用権ＧＥＴはほぼ確実のものとなった。

＊

異世界が異世界でいられるのは初見だけで、二度目に訪れたらそこはもう日常だ。

青や紫の光がちらつく薄暗い店内、重低音の鳴り響くフロア、陽気にはしゃぐパリピの群れにもだいぶ慣れた。

以前、大塚に連れてこられた地下のクラブである。

俺と詩歌はカウンター席に行き、もはや顔なじみとなったオーナーと軽く挨拶した。

今日は期末考査の勝利を祝って派手に一杯酒盛りを――なんてことは、とうぜんない。

俺も詩歌もこの空間に多少は慣れたとはいえ陰の者、ナチュラルな感性はパリピとは真逆なので勝利の美酒は自宅のお布団の中で味わうものだ。

ではどうしてこの店を訪れたのかというと、それは大塚に招待されたからだった。

そのとき、店内がしんと静まり返った。

鳴り響いていた音楽が止まり、ステージの上のダンサーたちが舞台裏にはけていく。

「そろそろだな」

「ん。楽しみ」

オーナー奢りのフルーツカクテル（ノンアルコール）を飲みながら、ステージの上に目を向ける。

本日のメインイベント――〝竜舌蘭〟の新作ダンス動画の撮影が、これから始まるのだ。

期末考査に向けて、一八ライブに投稿する予定の動画。

彼女はそれを、自分を育ててくれた界隈への恩返しの意味もこめ、第二の故郷とも呼べるこのクラブで撮影することにしたのだ。

是非自分の輝きを見てほしい、そう願われて俺と詩歌はここにきた。

そして招待客は俺たちだけじゃない。

「アンタら、ミュージシャン学科の……なんでこの店にいんだよっ！」

肩をいからせ突っかかってきたのは、派手な赤髪の女子生徒。

ダンス学科1年、護国寺遥香。

彼女は憎悪をむき出しにした表情で詰め寄ってくる。

「おまえらみてーなダセエやつらの来る場所じゃねえよ。帰れ」

「おいおい出会い頭にご挨拶だな。あんたの彼氏はその『ダセエやつ』に負けたんだが、もう記憶が吹っ飛んじまったのか？」

「ぐ……！」

「ダブルスコアぐらい差がついちまったよなぁ？　んんぅ～？」

「て、てめえらが原宿亜寿沙とのコラボを横から邪魔したせいだろ⁉　卑怯者め‼」

「卑怯だぁ？　こっちはルールの範囲内のことしかしてないんだが？　原宿と独占契約を結んでおかなかった千石側の落ち度だろうが。自分の実力不足を人のせいにして現実逃避ってのがあんたらの言う『ソウル』なのかよ。ダサすぎんだろ」

「な……な……くぅっ……」

煽り言葉に返す言葉が見つからず、悔しげに唇を噛む護国寺。

勝ち気な鋭い目でぎろりと睨みつけてくる。

「調子に乗んなよ、雑魚が。ライアンの仲間が、必ずアンタらに〝返し〟をくれてやる。ウチらに喧嘩を売っといて無事でいられれっと思うなよ」

「おー怖。完全にチンピラじゃん。裏に反社がいるってマジだったんだな」

「う、うるさいんだよ！　ウチらはアウトローで生きてんだ。ウチらの生き様に、大人が勝手にレッテル貼りつけただけだろ。泥水すすって生きる人間の居場所を奪うんじゃねえよ！」

「居場所……」

護国寺の叫びに反応し、詩歌がぽつりとつぶやいた。

妖しい輝きを帯びた瞳がまっすぐに護国寺を貫いている。

いつもなら護国寺のような攻撃的な人間を前にしたら萎縮して、逃げるようにその目を長い前髪に隠してしまう。

だが今日は作曲の後遺症のせいで、詩歌はふだんよりもかなり大胆になっている。

いまの彼女は怖いもの知らずで、たとえブチギレたヤクザに対してであっても遠慮なくつっこんでいける。だからこそ目を離すわけにいかないのだが。

詩歌が護国寺の目を見て言う。

「あなた、ビビり？」

「は⁉」

「あなたの声の〝色〟……ちぐはぐ。強く見せようとしてるけど、根っこにあるのは弱さ。弱いから仲間と群れたがる。強い姿を演じないと仲間に入れてもらえないから、強そうなフリして突っ張ってる」

詩歌の声は小さいが独特のリズムと抑揚がある。音の中に〝色〟を認識しながらまるで絵を描くように大勢の心に共通幻想を描きだせる詩歌の歌声、その力の片鱗(へんりん)が、歌っていないいまでも垣間(かいま)見えた。

相手の心に入り込み、えぐり、ゆらし、筆を入れるように〝色〟に干渉する。

容赦のないコミュニケーション。

ふだん日常会話の中では相手の心をいじるようで申し訳ないからと、そんなことはほぼしない詩歌だが、作曲後で錯乱している彼女は、そういった配慮に欠けていた。

詩歌の雰囲気に圧倒されてか、護国寺は口を挟めず茫然と立ち尽くしている。

「ヒップホップの誇りだとか、ソウルだとか、カッコいいこと言ってるけど。要は自分の居場所を失くしたくないだけ。新しい世界を見るのが怖くて、保身のために、現状維持を望んでる」

躁状態特有の長台詞で護国寺を追い詰めていく。透明感のある声が、彼女の〝色〟へと深く筆を入れていく。

「あなたはギャングとして生きていきたいの？」

「……ふざけんな。そんなワケねーっしょ」

「でも声が弱いよね。自分が、暗い道に進んでる自覚がある」

「ウチはただ！　……ただ、ダンサーとしてカッコよく生きていきたいだけでっ！」

「昔のタツは目標だった」

「なっ……なんでそれを……。オーナー、しゃべったのかよ⁉」

カウンターの向こう側でグラスを拭いていたオーナーを護国寺は責めるように睨んだ。

しかしスキンヘッドの大男は「え？　なんの話だ？」と不思議そうに首をかしげるだけだった。

実際のところ俺たちがオーナーから聞かされているのは、大塚と護国寺がかつて友達だったということだけだ。目標云々というのは、いま、詩歌が唐突に言い出したことで、何ら裏付けもないのだが、護国寺の反応を見るに図星だったのだろう。

詩歌の透明感あふれる目はすべてを透かしてきそうだ。護国寺もそう感じているのか、チッと舌打ちしつつも観念したように口を開いた。

「竜姫はウチらの世代で頂点を極めた女だ。誰もがアイツを目標にしたし、いつかアイツを負かせてやるって息巻いて、テクを磨いてきた。このクラブのメインステージで、最高のパフォーマンスを見せてやるんだって、ね」

「だけどタツは――〝竜舌蘭〟は、あるときから変わってしまった」

「ああ。本来のダンスを崩したり、ヒップホップカルチャーの外と絡むようになったり。メディア露出も増やして、あまつさえ界隈の健全化を目指したいとか言い始めて、大衆に媚び始めやがった。……一般人にゃわかんねーと思うけど、ウチらからしたらいまの竜姫のダンスはクソつまんねえ。だっせーんだよ」

「たぶんそれは、タツも自覚してた」

「……は？」

詩歌の指摘が予想外だったのか、護国寺はぽかんと口を開けた。

「変わらなきゃヒップホップは廃れちゃう。でもどう変わるのが理想か答えが見つからず、ずっとひとりでもがいていた。界隈の文化がもともと持っていた、ならず者たちから生まれたからこその魅力と、大勢の人に受け入れられるための清廉さと、その最高の交差点を探し続けていたの」

「交差点……そんなの、中途半端になるだけっしょ」

「ちがうよ」

詩歌が首を振る。

「むずかしいだけ。これまでと同じ道を歩き続けるより、ただちがう道を進むだけより、同じ道の魂を残したまままちがう道に挑戦するほうがずっとむずかしい。歌い手のわたしがダンスを覚えるのが大変だったみたいに。――だからタツは、あなたにとってカッコよくあり続ける余裕がなかった」

運動不足で、運動音痴で、ダサい姿をさんざん晒してきた詩歌だからこその言葉。

歌い手として頭角を現した詩歌は、繚蘭高校の生徒たちからある種のカリスマ性を期待されていたと思う。しかし動画投稿するまでの彼女の姿は、そんな彼ら彼女らを幻滅させるにじゅうぶんな情けなさだった。

あたりまえだ。新しいことに挑戦していたのだから。一発で成功できるはずがない。

「う、うるさい！　どうせそんなこと言って、一般の人気に甘んじて元の魅力なんて消えちまうんだ。これまでインディーズからメジャーに行ったやつらもみんなそうだった！　ソウルを残したままなんて詐欺師の甘言、絶対に騙されねえぞ！」

「詐欺師はどっちだろうなぁ」

「……え？」

とつぜん口をはさんできた俺を護国寺が振り返る。

詩歌の言葉を遮りたくなかったが、俺にもすこし気になることがあった。

『『BRAVEは大衆ウケしか狙ってないクソみたいなユニットだったぜ』みたいな業界体験談、千石の口癖だったよな」

「な、なんなのアンタら。さっきから超能力者か何かなの⁉」

すまん。詩歌のほうは超能力に近いけど、俺のほうはあいにくと凡人なので種がある。

ジークさんに千石ライアンのアカウントをハッキングしてもらい、彼のメッセージ履歴を見て気づいたのだ。

元BRAVEのスクール生という立場を利用した業界話が、千石の話題の引き出しの約八割を占めていた。

そしてここからが厄介なのだが、自分がスクールを辞めさせられたのはヒップホップの魂に反する大衆迎合をＢＲＡＶＥ側に求められたからだと吹聴して回っていた。問題行動を咎められたと噂されているがあれは嘘だ、と身内には弁明していたのだ。

「大塚の行動に感じたモヤモヤに、千石が答えをくれた気がした。……だからおまえは、千石を信用して、距離を縮めていったんだろ。でもな、あいつは本当に界隈を愛してると言えるのか。セックスと暴力と薬がないとアガれねえって言い訳して、ゆるやかに界隈を衰退させていく怠け者を、おまえはホントにカッコいいって思えるのか？」

怠惰な自分を棚上げしてお説教。いいんだよ、だって俺は自分をカッコいいとか思ってないんだから。

いま大事なのは、護国寺遥香の幻想を砕くこと。

まあでも俺なんかの言葉はただの添え物に過ぎない。カレーの福神漬けであり、牛丼の紅しょうが。すこしでも後押しになればと口を開いたが、正直あってもなくてもたいして影響はなかったと思う。

真に護国寺遥香の心を打つ出来事は、このあとすぐに訪れるのだから。

ワアアアアアアアアアア‼　と、歓声が轟いた。

護国寺がはっとしてステージのほうを見る。

大塚だ。大塚が登壇し、これから撮影を始める旨と注意事項を陽気にハキハキ話し始めた。

「始まるよ」

護国寺の隣に立ち、詩歌が言う。

「魂を残しながら、新しい道へ――タツが成し遂げる姿、しっかり見てあげて」

「…………っ」

護国寺が息を呑んだ瞬間、照明が落ちた。訪れる静寂と、暗闇。

そして。

スポットライトが点灯し、大塚のシルエットが浮かび上がる。

『夜の肥溜めにようこそ！　今日は集まってくれてホントにうれしいよっ！　このビデオはただの期末考査の課題じゃない。ボクにとってこれはケジメ。ダンサーとしてのボクを育ててくれた〝桔梗〟さんと〝Jボウズ〟さん。そしてこのお店のみんなに、愛と感謝を伝えるためのビデオだ。――さあ、始めるよ！』

フロア全体に音楽が流れ始めた瞬間、観客たちの間に共有された感情はおそらく困惑だったのではなかろうか。

イントロは極めて静かで、低く、ダウナー。大塚の踊り出しもゆったりとした動きで、ふだんの大塚のダンスとはまるで別種のものだった。

大塚竜姫、〝竜舌蘭〟といえばソウルフルでパワフルでエネルギッシュな曲に合わせて躍動感あふれるダンスを魅せる踊り手である。

だがいまの彼女は詩歌による動きのない気だるげな曲に合わせて、まるで夜の街を徘徊する薬物依存者のようなうろんな目でふらりふらりとよろめいていた。──が、その動きはけっしてただ緩慢なだけではない。緩慢でありながらも見る者を飽きさせず、それどころか意識を釘づけにされる吸引力があった。大塚の卓越したスキルが、ステップの妙が、それを実現している。

しかしこの曲の真髄はここからだ。

とつぜん転調し、ダウナーな雰囲気から一変。右肩上がりにテンションが上がっていく。

「これは……！」

護国寺も気づいたようだ。

転調の瞬間、特に〝Jボウズ〟の楽曲へのリスペクトが濃厚になったことに。

それが意味するのは、夢を持てず、周囲に交われず、人生に絶望していた大塚自身。

恩師の存在を起点にだんだんと現在の大塚らしいステップが増えていき、曲自体の音も明るくハイテンポなものへと変化していく。

音の〝色〟を操る詩歌が今回描いたのは、たとえるなら絵本だ。

大塚竜姫の物語。

ひとりのダンサーが日常の泥沼からヒップホップに救われ、さまざまな出会いを経て、新たな課題を見つけ、より高みを目指すために足掻いている姿を赤裸々に描き出す。

もちろんそこに自分自身の存在が含まれているのだと、護国寺遥香も感じているはずで、ステージの上を見つめる彼女の目には微かに涙が浮かんでいた。


『──ボクのダンスは、誰かの真似事でした』

『──でもようやく見つけたんだ、ボクだけのダンス』

『──いまは亡き仲間たちへの弔いだって、そんなつもりはない。ただ、伝えておきたいだけ』

『──大好きなキミたちのおかげでボクは生きていられる』

『──だからボクは、ボクのダンスでこの夜を守ってみせる』

『──わかってくれなんて言わない。言葉に意味なんてない』

『──キミはボクを憎んでるかもしれないけど、ボクはキミを愛してる』

『──言葉で証明は無理。でもダンスでなら証明できる』

『──ボクの憧れたキミたちと同じように。ボクもキミたちに背中で魅せるよ』

百万の言葉よりも説得力のある一の踊り。

脈々と繋（つな）いできた文化を下地に、異なる世界の才能で生み出された音楽と重ねることで、大塚竜姫はついに到達したのだ。

光と闇（オルタナティヴ）の交差点に。

ああ、やっぱり天才たちのそばで、彼女たちの物語を追いかけていけるのは、我ながら恵まれた立ち位置だなといまさら思う。

だってこれはきっと、新たな文化の芽生えの瞬間。時代が変わる兆（きざ）しの1ページ。

そこに立ち会える果報者なんて、世界にそう何人もいないのだから。

「帰ろう、詩歌」

「タツとハルは、だいじょぶ？」

「ああ。終わったら、ふたりで話したいことも多いだろ。俺らがいたら邪魔になる」

「……ん。おけ」

俺と詩歌は誰にも気づかれずにそっとその場を立ち去った。

後に大塚と護国寺が仲直りした旨をメッセで知らされるのだが、それは彼女たちの物語。

俺みたいな男が野次馬気分で観測する必要のないこと。ただすべてが丸く収まって、本当によかったと思う。

＊

が、残念ながら一個だけ事後処理をしなければいけない。

詩歌を自宅まで送り届けて寝かせた後、俺はひとりこっそり家を抜け出して移動した。

行き先は都心からすこし外れた場所にある、高級住宅の並ぶ区画。

飲食店やコンビニといった深夜営業の店がほぼないため、深夜の人通りは皆無。眠らない街の対義語のような街並みだった。

街灯の下でたたずむシルバーブロンドの女子生徒が、俺が来たことに気づいて顔を上げた。

神田依桜。繚蘭高校タレント学科の上級生にして、校内随一の実績と人気を誇る大女優である。

「こんばんは、楽斗さん。いい夜ですね♪」

「早くね？　待ち合わせ時間からまだ5分しか経ってないぞ」

つまりは俺が5分遅刻してるんだが、それはさておき。

「楽斗さんとの深夜デート、楽しみでしたので。つい30分前に来てしまいました」

「用件ちゃんと伝えたよな？　わくわくするようなことじゃないんだが」

「はい、ばっちり伝わりましたので。原宿亜寿沙さんのアトリエを訪問する、と」

そう言って、依桜はちらりと道の先にある建物を一瞥した。

三階建てのデザイナーズマンションだ。一階あたり一世帯が入るタイプの贅沢な間取りで、色使いや造形がかなり特殊な建物である。いかにも有名映画監督やらハリウッド俳優が住んでいそうなセンスある外観だった。

原宿亜寿沙はこの一階から三階までを全部借りていて、自宅兼アトリエとして利用している。

彼女は繚蘭高校に通いながら生徒の数人をスタッフとして雇っていて、さまざまな受注仕事を回しながらコンテスト用のデザインを制作しているのだとか。

窓から電気が漏れているのを見るに、どうやらまだ何か作業をしているらしい。怠惰な俺には真似できない働きっぷりだ。

さて、そんな原宿亜寿沙のアトリエに、俺たちはべつに遊びにきたわけではない。

「たしかに間違ってないんだが。……なあ、依桜」

「なんですか？」

「喧嘩をしにいく、が抜けてないか？」

「それはもう大前提、ですので。わざわざ言うほどでもないかと」

「変な人だ……」

「フフ。ありがとうございます。変、すなわち卓越の意味。褒め言葉です」

「はいはい」

これからやることの深刻さのわりに、ずいぶんと肩の力が抜けた会話だった。

原宿亜寿沙が《渋谷軍団》とのコラボ配信をし、千石陣営のコラボの価値を貶めたのは事実だ。

護国寺の言葉にもあったように、千石たちが逆恨みから何らかの行動を起こしかねない。

そう思ってジークさんにふたたびハッキングしてもらったところ、原宿亜寿沙への報復を企てているらしい会話が手に入った。

警察に連絡したが、「何も起きてないのに呼ばれても」みたいなノリで、まったく真剣に取り合ってくれなかった。違法な手段で入手した証拠品は証拠として使えない、というのもあり、ハッキングで判明した会話をちらつかせることもできなかった。

千石たちが原宿亜寿沙への恨みを晴らして満足、というかかわいらしいやつらならべつに放っておいてもいいのだが、俺にはどうしてもそれだけで済むとは思えない。渋谷たちをはじめ、詩歌にも加えてくる未来を容易に予想できる。

タチの悪い半グレどもは、ここで根絶しておくべきだ。

「巻き込んで悪かったな。こんなお洒落な街、俺みたいな貧乏人が深夜にひとりでいたら、それこそ逮捕されそうでさ。ひでえ差別だと思うけど、依桜みたいな女子と一緒にいればそれだけで周りの目がマシになるんだよな」

「顔がいいですからね。なんちゃって」

「おまけに戦闘能力も文句ナシ。適切な人材だ」

「殺陣や大立ち回りの稽古にもなりますし、このような機会は滅多にありません。貴重な体験、ワクワクします」

そう言ってから、依桜は、ただ……と続けた。

「女性を——それも一流の女優と目される私を戦闘の駒に使おうなんて、ひどい発想ですね」

「言われてみればたしかに。自分の都合しか考えてなかったわ」

「フフ。自分の都合に素直なところ、素敵です♪」

「俺が言うのもアレだけど、ホント独特の感性してるよな、アンタ。——おっと」

視界の向こうからぞろぞろと数人の男たちが歩いてくるのが見えて、俺は会話を止めた。

遠目でもわかる。千石ライアンと、いかにも反社会的な見た目の厳つい男たちだ。

「お出ましだ。行けるか？」

「ええ。素敵な夜にしましょうね、楽斗さん♪」

顔を隠すための目だし帽をかぶると、俺と依桜はギャングたちのほうへと歩きだした。


これはあくまでも事後処理だ。

詩歌や渋谷、大塚、原宿といった天才たちの物語とは何の関係もない裏方の汚れ仕事だ。

何故かここに依桜という大天才が絡んできてしまっているんだが、彼女はすこしおかしなトリックスター的な存在ということで、まあ、置いておくとしよう。

今回もまた詩歌たちが安心して才能を発揮し、自分たちの道を進んでいけるように。

願いをこめて、鉄拳制裁。

エピローグ

『都市近郊、深夜の高級住宅街で乱闘騒ぎがありました。逮捕されたのは、十代の男性6名と二十代の男性8名。男性は全員手足の骨を折るなどの負傷を負っており、「カップルのせいだ！」「強盗カップルにやられた！」などと意味不明な供述をしており、検査したところ薬物依存の反応が見られたとのことです。発見された男性は全員、都市部に拠点を持つギャングのメンバーで、警察ではギャング同士の抗争、あるいは仲間割れとみて捜査を進めています』

WAYTUBE(ウェイチューブ)にアップされたニュース番組の声が、詩歌(しいか)の部屋にたれ流されていた。

ベッドに寝ながらスマホが映し出すそれを、じーっと見つめていた詩歌が、ころりんと転がると、床に座る俺を見てぼそりとつぶやく。

「兄(あに)、またやった？」

「いまどきは強盗プレイ、ギャング撲滅プレイみたいなのが流行ってんのか～。いやあ、女性経験ゼロの童貞兄貴にはわっかんねー世界だなー。あっはっは」

「カップル……相手、だれ？」

「なんのことかなぁ～」

詩歌のじと目の追及を適当にごまかした。

「それより詩歌、体調はだいじょうぶなのか？」

「ん。なんとか。復活してきた」

「それは何より。でも油断は禁物だからな」

詩歌の部屋にいるのも精神錯乱からの自傷行為に及ばないよう目を光らせるためだ。

ただこの様子ならもうそろそろ目を離してもよさそうだな……つきっきりになれないのは、それはそれでお兄ちゃん寂しいけど。

「しかしまあ今回は症状軽めかと思ったんだが、意外と長引いたな。躁状態を過ぎたあと、無気力でベッドから出れなくなる日がこんなに続くとは」

「……それ、ちがう」

「え？」

「メンタル、わりとすぐ戻ってた」

「マジかよ。じゃあなに、ここ数日は無駄にズル休みしてたってことか⁉」

「ずるじゃない」

詩歌はふるふると首を振って、どんよりした顔で言った。

「……筋肉痛で、死んでた」

「あー」

なるほど納得。

「ダンス、いつの間にか上手に踊れてたけど……体、ぼろぼろ」

「基本、ヒキコモリの運動不足ガチ勢だもんなぁ」

「うい」

熱中症の猫みたいにぐったりしている詩歌に、ダンス動画で見せたカリスマ性は微塵もない。

けれど、だからこそこの日常の姿がとても愛らしく感じられて、俺は思わず頭を撫でていた。

ふにゅ、と気持ち良さそうな声を漏らして手の感触を楽しむ詩歌。

そんな姿に癒やされていると、ピンポーン、と玄関のチャイムが鳴った。

来たか、と思う。

彼女が家に来ることは、すでにメッセージアプリで聞いていた。

勝手に玄関ドアを開ける音が響くと、ドタドタドタッと慌ただしい足音が近づいてきて、詩歌の部屋のドアまでが勢いよく開けられる。


「シーちゃん、元気出た!? メロン買ってきたから食べよーっ!」


飛び込んできたのは、大塚竜姫(おおつかたつき)だ。今日は帽子をかぶっておらず長い髪を下ろしている。へそ出し肩出しの刺激的な改造制服と丈の短すぎるスカートはいつも通りだ。

詩歌に曲を提供してもらったダンス動画が大成功し、《繚蘭(りょうらん)サマーフェス》の特設ステージもほぼ確定となったお礼を言うためにミュージシャン学科の教室に来たらしいのだが、そこで詩歌が休んでいると聞かされて、是非お見舞いがしたい! と俺に連絡を入れてきたのだった。

彼女が手に提げたメロンを見て、俺はあーあとこめかみを押さえる。

「大塚……メロンはないだろ。メロンは」

「え! だめだった!? お見舞いの定番だと思ったんだけど……アレルギーとか?」

「いや、切るのがめんどい。そういうのは秋葉(アキバ)がいるときに持ってきてくれ」

「あちゃー！　そっかー！」

ツッコミも反論もせず、素直に同意して頭をかかえる大塚。相変わらず素直でイイやつだ。

「ま、保存しておくから。今度秋葉がいるときにでもみんなで食べよう」

「うん！　そうしてそうしてーっ！」

ずっしり重いメロンを俺の手に押しつけると、大塚は詩歌を振り返った。

「シーちゃん！　やったよーっ！　シーちゃんのおかげで歴代最高の再生数とイイネ！　自分の中でも殻をやぶったーって感じでーっ！　もうめっちゃ好きっ！　大好きーっ！　ねねっ、チューしてもいい⁉」

「あ、ありがと……でもその前に、お風呂……」

抱きついてこようとする大塚を詩歌は弱い力で押し返した。

フラフラとした様子で詩歌は立ち上がると、怪しい足取りで部屋を出ていった。

大塚はそれを見送ってから俺を見ると、不満そうに頬を膨らませる。

「もぉ～、なんでボクが来たタイミングでお風呂に入っちゃうのー？」

「おまえはスキンシップ激しいからな。ナチュラルに密着してくるし、風呂に入らないと自分の匂いが気になるんだよ」

「え、でもシーちゃん、このまえは……」

「あんときは情緒不安定だったってこと。傍目には何がどう変わってるのかわかりにくいけど、こういう細かいところに差が出るんだ」

「ほえー。なるほどなーっ」

大塚の知らない詩歌の性質はまだたくさんある。それはそうだ、ふたりが知り合ってからまだたいして経っていないのだから。俺と詩歌にしても、まだ大塚のすべてを知り尽くしているとはいえない。

「護国寺とはあれからどうだ？」

「へへーっ。仲直りできたよー。ツンツンしてごめんねって謝られちった」

「そっか。よかったな」

「うん！　ライライとも別れることにしたみたいだねー。なんか話を切り出す前に、逮捕されちゃったらしいけど」

「さっきネットニュースで見たよ。実名報道はされてなかったけど、あのギャングの抗争って千石一味のことなんだろ」

「そ。本当はこんなことになる前に足を洗ってほしかったんだけどね。タレントとして名をあげる前の事件だったから、ヒップホップの悪評に繋がらなかったのは助かるけど……

でも、助けてあげられなかったなーって思っちゃうね」

「あんまり気に病むなよ。人生は長いし、出会いも別れも無限にある。いまいちばん大切にしたい仲間を大事にすればそれでいいだろ」

「ガッくん……」

柄にもなく人生訓めいたことを言ったら、大塚の大きな目でまっすぐ見られてしまい、ちょっとばつの悪い気分になる。カッコつけすぎたかもしれん、超恥ずい。ヒキコモリの分際でえらそうなこと言ってごめんなさい許してくださいとネガティブ思考が脳内を巡り始めたときだった。

突然、ぐいっと顔を引き寄せられておでこをこつんとくっつけられた。

「え？」

あたたかくて、やわらかくて——そしてすこし汗ばんで湿っている。女子の匂いがする距離だった。間近に見える長いまつげと大きな目に心音が加速して……いやいやおかしいだろ。キスの距離じゃねえか。なんでいきなりこんなゼロ距離に？　距離感が近いとか、スキンシップが激しいとか、そういうレベルを遥かに逸脱しているようなっ！

「ちょっ、なっ、なにしてんだ⁉」

「ガッくんて、いい〝顔〟してるよねー」

「な、なんだよとつぜん。本物の美人に言われても美人局としか思えねーんだけど」

「あはは！　美人とかはよくわかんないけど、芯があるやつの〝顔〟はなんとなくわかるんだ」

大塚はそう言って笑うと顔を離した。ホッとするのと同時に、彼女の匂いが遠のいて、すこし寂しい気分になった。……って、なに残念がってるんだ俺は。

「シーちゃんも、エリぽんも、マナマナも、ノキ坊も。《渋谷軍団》のみんな、すっごくいい〝顔〟してる。きっとみんなでどこまでも高いところまで登っていくんだろうなって、正直すっっっごく羨ましい！」

全身で感情を表現して言うと、大塚は黒髪の中にひと筋交ざる赤のメッシュを指で軽くなぞりながら、目を伏せた。そして言葉を揉むようにもごもごと口を動かして、言い出しにくい話題を切り出そうとしていた。

「あの、あのね。それでちょっと、ガッくんにお願いしたいことがあって――」

「なんだ？」

「ボクも、その……《渋谷軍団》の仲間に入れてくれない、かな？」

子どもみたいに頬を赤らめて、そう言った。

正直、予感はあった。

詩歌と大塚のコラボはお互いにとっても、そして視聴者たちにとっても大きな出来事で。今後の絡み(から)も含めて凄(すさ)まじい期待が渦巻いていた。

期末考査で圧倒的な結果を残し、《繚蘭サマーフェス》の特設ステージを確実なものとしたとはいえ、それはあくまでも詩歌たちの活動の上では通過点に過ぎない。

名をあげて、やがて一流の芸能人として脚光を浴び、世界をあっと言わせる存在になる。

その高すぎる目標に近づくには、ひとりでも多くの才能あふれる仲間が必要なのだ。

「じつはもう仲間たちには相談してあってさ」

「え？　ええーっ⁉　ボクこれ、初めて相談したんだよ⁉」

「正確には大塚をチームにスカウトしていいか、って確認したんだよ。そしたらまあ——当然、全会一致で大歓迎、だってさ」

「……！　それじゃあ、ガッくん。ボク……」

「ああ。これからもよろしくな、大塚。詩歌も、それでいいよな？」

そう言って、俺は部屋の外に声をかけた。

ドアを半分開けて、顔だけを覗(のぞ)かせていた詩歌が、こくりとうなずいた。真っ白な肩が見えているあたりたぶん服を脱いでから、なんとなく俺と大塚の会話が気になって戻ってきたんだろう。本当に全裸かどうかは廊下に出てみないとわからないけど。

全裸疑惑のある詩歌は、か細い声で言う。

「わたしも、うれしい。よろしくね、タツ」

「シーちゃあああん！　ありがとーっ！　ぎゅーしていい⁉　ぎゅーっ‼」

「だ、だめっ」

「おい馬鹿、ドアを開けようとすんな！　どう見ても全裸だろうが！」

「いいじゃんいいじゃん減るもんでもないし！　てゆーかもう仲間なんだし一緒にお風呂入ろうよーっ！」

「仲間同士でもそれはねーよ！　って、あああああドアが開くうううう！」

「に、逃げる。兄、タツをおさえてっ」

「待ってよー。シーちゃーん‼」

無邪気ゆえに裸の付き合いにすら躊躇がない大塚を全力で押さえる俺。あわてて風呂場へと逃げ出す詩歌。ゼロ距離コミュニケーションのパリピ娘との会話は大変だなとあきれつつも、こういうノリも楽しいもんだなと、笑っている俺もいた。

大塚がヒップホップの文化と外の文化を合わせて更なる高みへの道を切り拓いたように。

詩歌にとってもこの出会いが大きな飛躍のきっかけになるのではないか。

そんな予感に期待せずにはいられなかった。

根拠なんてないけどさ。人生って、そういうもんだろ？

【チーム名】渋谷軍団（仮）

【所属】
池袋楽斗（いけぶくろがくと）　一八ライブ（インパチ）　チャンネル登録者数　0人（アカウントなし）
池袋詩歌　一八ライブ　チャンネル登録者数　22万8400人
秋葉原麻奈（あきはばらまな）　一八ライブ　チャンネル登録者数　5万6000人
渋谷エリオ　一八ライブ　チャンネル登録者数　63万9000人
狛江乃輝亜（こまえのきあ）　一八ライブ　チャンネル登録者数　31万2000人
大塚竜姫　一八ライブ　チャンネル登録者数　88万7100人

あとがき

こんにちは、作家の三河ごーすとです。この度は『顔さえよければいい教室』の第2巻をご購読いただき誠にありがとうございます。1巻に続いて2巻も楽しんでくださった方にはうれしすぎて感謝の言葉もありません。

内容については本編を読んでいただくとして、今回はあとがきのページ数も少ないのでさっそく謝辞に移りたいと思います。

イラストレーターのnecömi先生。今回も素敵なイラストをありがとうございました！表紙やカラー口絵では大塚竜姫らが属するカルチャーを感じさせるクールな絵をいただけて感激しています。今後も引き続きどうぞよろしくお願いいたします。

1巻から引き続き音楽業界や芸能関係、ダンス等のカルチャーについて取材させていただいたM様。今回も慣れない世界の話を聞かせていただき感謝いたします。おかげさまで解像度の高いストーリーを描ききることができました。今後も引き続き取材させていただけるとうれしいです。

担当編集のS様。今回は原稿の進捗がかなり怪しく、ギリギリの進行になってしまい、本当に申し訳ありませんでした。そのぶんクオリティは高い状態でお出しできたと思いますが……どうだったでしょうか？　良い原稿だと思ってくれていたら良いのですが。とはいえ毎回こんな調子で許されるはずもないので、次の機会があればそのときはもっと早く書けるように頑張ります。

本作の出版に携わっていただいたすべての方。いつも本当にお世話になっております。皆様がより大勢の読者の手に届くように尽力してくださっているおかげで私は今日も執筆活動を続けていられます。今後ともどうぞよろしくお願いいたします。

そして最後に読者の皆様。今回も最後まで読んでくださりありがとうございます！　私のように複数のシリーズを刊行していると「どの作品が三河の本気なんだ？」と疑問に感じたり、不安を覚える方もいるようなのですが、私はどの作品に対しても全力全開ですので安心して好きな作品を追いかけてくだされればと思います。『顔さえよければいい教室』がどこまで続けられるかは今後の人気、売上次第だと聞いているので、長く続いてほしい方は是非、友達へのオススメやSNS上での感想、人気投票などで応援いただければと。ひとりひとりの応援の力が重なった先に、良い展開が待っていると思いますので。

楽斗や詩歌たちの物語を応援してくれる人がひとりでも増えますように。

以上、三河ごーすとでした。

お便りはこちらまで
〒一〇二‐八一七七
ファンタジア文庫編集部気付
三河ごーすと（様）宛
necömi（様）宛

顔さえよければいい教室

2. 竜姫ブレイクビーツ

令和4年10月20日　初版発行

著者──三河ごーすと

発行者──青柳昌行

発　行──株式会社KADOKAWA
〒102-8177
東京都千代田区富士見2-13-3
0570-002-301（ナビダイヤル）

印刷所──株式会社暁印刷

製本所──本間製本株式会社

ISBN978-4-04-074727-9 C0193　◇◇◇